LE CHATEAU

DE

SAINT-GERMAIN.

—

TOME PREMIER.

—

SECONDE ÉDITION.

LES AVENTURES
D'UN RENÉGAT.

DEUXIÈME ÉDITION, 2 vol. in-8°. — Prix : 15 fr.

PIERRE.

DEUXIÈME ÉDITION , 2 vol. in-8°. — Prix : 15 fr.

SOUS PRESSE :

LES GRANDES CHRONIQUES

DES

ROIS DE CASTILLE,

TRADUITES DE L'ESPAGNOL , 6 vol. in-8°.

PARIS. — IMPRIMERIE DE CASIMIR,
Rue de la Vieille-Monnaie , n° 12.

LE CHATEAU

DE

St GERMAIN

PAR H. ARNAUD

(Mme **CHARLES REYBAUD**).

TOME PREMIER.

SECONDE ÉDITION.

À PARIS,

CHEZ LADVOCAT, LIBRAIRE

DE S. A. R. LE DUC D'ORLÉANS,

RUE DE CHABANNAIS, 2.

———

M DCCC XXXVII.

LIVRE PREMIER.

MADONA LAURA.

I.

Par une pluvieuse soirée de la fin de mars, un voyageur suivait le chemin peu fréquenté qui mène de la ville d'Aix aux rives de la Durance. Son cheval fatigué baissait la tête et ralentissait le pas sans que la voix ou l'éperon pussent réveiller sa vigueur, car il ne sentait aux environs ni hôtellerie, ni château, où il fût possible d'arriver.

La nuit venait, une nuit sans étoiles et sans clair de lune; le vent sifflait tristement dans les arbres, dont il avait séché les bourgeons : il semblait que l'hiver était de retour dans cette belle contrée, jardin de la France, où la vigne enlace ses larges pampres aux frêles rameaux de l'olivier. Nul bruit ne s'élevait des campagnes endormies : tout se taisait, hormis la rivière, dont les flots rapides se brisaient sur les galets et battaient la rive submergée ; çà et là s'étendaient de grandes oseraies, dont les rameaux échevelés flottaient sur les eaux.

Le voyageur arrêta son cheval sur la grève, et tâcha de s'orienter avant de poursuivre cette route battue de vent et de pluie. Tout était vague, sombre, autour de lui. A ses pieds mugissait la Durance : sur l'autre rive brillait au loin une clarté fixe et scintillante comme une étoile.

Le cavalier se dressa sur les étriers et regarda long-temps dans ces ténèbres, puis il dit tout haut : — Santa Maria ! faudra-t-il donc coucher ici ?

— Que saint Jacques, patron des pèlerins, protége les pauvres voyageurs ! *Amen !* cria une voix tout près de là.

— Holà! fit l'étranger; qui parle? qui va par ici? Je croyais qu'on ne devait guère se rencontrer deux à cette heure par un si mauvais temps et sur une si mauvaise route.

— Depuis la tombée de la nuit, je me désespère d'y être tout seul, répondit-on piteusement. Par saint Rieul, mon patron! je suis bien aise de trouver compagnie. Or çà, qui êtes-vous? larron par aventure? Je n'en aurais pas grand souci : il y a une si grande solitude dans mes goussets, que tombant du haut d'un clocher, ils ne retentiraient pas plus qu'un sac de son. Mon pourpoint ne vaut pas la peine d'être volé, il a été retourné deux fois...

— Où te tiens-tu, manant? interrompit l'étranger, qui entendait devant lui cette voix sans voir d'où elle venait.

— Manant toi-même! fit-elle avec courroux; je suis léger d'argent, il est vrai, mais cousu de noblesse : je me nomme le chevalier des Gravaux, pour que tu n'en ignores.

— Pardon, monsieur le chevalier, dit po-

liment l'étranger; il fait si noir que je suis
excusable d'avoir pris pour un manant un
homme de votre qualité; c'est l'habit qui sert
d'enseigne à la condition des gens, et vous
disiez tant de mal du vôtre...

— Le drap en est usé jusqu'à la corde, c'est
vrai, mais vous savez le proverbe : Vieux
drapeau, honneur du capitaine. Or çà, puisque vous ne rôdez pas par ici pour chasser à
l'arquebuse les voyageurs attardés, comment
y êtes-vous tombé?...

— Monsieur le chevalier, répondit l'étranger, puisque notre mauvaise fortune nous a
mis ici ensemble, au lieu de nous demander
comment nous y sommes venus, que n'avi-
sons-nous aux moyens d'en sortir? Je vais
au bourg de Cadenet, et il faut de toute nécessité traverser la rivière.

— La chose est des plus aisées, si vous
avez une demi-pistole dans la poche. Le bac
est là, et les mariniers dorment à l'autre
bord. Ces fils du diable n'ont pas voulu me
venir chercher, moi...

— Tâchez de les appeler, monsieur, ils auront une pistole pour nous mettre de l'autre côté de l'eau. Mais, où vous tenez-vous, pour Dieu !

— A l'abri de la pluie, dans la cabane des mariniers ; quoique je ne sois pas bel homme, c'est tout au plus si je puis y rester debout ; il n'y aurait pas place pour vous : moi et mon grison, nous y tenons juste.

L'étranger distingua alors entre les broussailles une espèce de hutte ; il fallait bien connaître le terrain pour avoir trouvé ce pauvre gîte, où les mariniers tenaient leurs agrès. Une forme humaine en sortit et se mit lestement en selle ; mais aussitôt sa monture commença à détacher des ruades et à faire le saut de mouton.

— Là, là ! Grison ! criait le chevalier des Gravaux ; ce n'est pas la peine de faire ces façons. Tu es entêté comme une mule, mais je ne vide pas facilement les arçons... Il faut être bon cavalier, monsieur, pour monter cette petite bête.

— Pour Dieu! monsieur le chevalier, tâchons de nous tirer d'ici! fit l'étranger. La pluie tombe dru...

— C'est ce qui anime mon Grison; il ne craint rien tant que d'avoir les oreilles mouillées. Une fois je fus obligé de lui mettre mon propre chapeau... Voilà qu'il sera tranquille; je l'ai coiffé d'un vieux titre en parchemin qui se trouvait dans ma poche. Faut-il appeler les mariniers?

— Eh! oui, monsieur, si vous le pouvez; mais, par le temps qu'il fait, je ne crois pas qu'on nous entende à l'autre bord.

— Sans doute, je ne fatiguerai pas mes poumons à appeler ces bélîtres par leur nom; mais voici une musique qui réveillerait un mort dans son tombeau.

Le chevalier emboucha alors un petit cornet et fila un son si aigu qu'il domina le bruit du vent et des flots impétueux.

— On nous a entendus, dit-il : mon cornet a sonné à l'oreille de ces manans comme la trompette du jugement dernier; mais ils ne bougeront s'ils me croient seul; tâchons qu'ils nous voient.

—Eh ! monsieur, est-ce possible? interrompit l'étranger avec quelque impatience; il fait si noir par ici que le diable n'y reconnaîtrait pas ses petits.

—Oui-dà, mais j'ai trouvé dans la hutte certain lumignon à l'usage des mariniers. Vous allez voir mon industrie.

Et prenant la bride aux dents, il se mit à battre le briquet des deux mains. Au bout de quelques momens il parvint malgré la pluie à allumer un flambeau de résine qu'il brandit glorieusement et secoua devant l'étranger.

Un groupe bizarre apparut alors sous ces clartés rougeâtres. L'étranger, immobile sur son cheval blanc, ressemblait à un de ces fantastiques cavaliers qui s'en vont au sabbat parmi les nuages. Un ample manteau noir l'enveloppait entièrement et retombait sur la croupe robuste de son cheval; son visage, encadré dans les bords rabattus d'un grand

chapeau de feutre, était d'une beauté régu-
lière et frappante, bien qu'il eût perdu cette
fleur de jeunesse qui passe avant trente ans.
Le chevalier des Gravaux n'allait guère qu'à
la botte du cavalier. C'était une façon de
nain, leste, sec comme bois et déjà sur
le retour de l'âge. Son œil de hibou luisait
sous d'épais sourcils et sa bouche dégarnie
souriait jusqu'aux oreilles. Il portait par-
dessus ses vêtemens un vieux manteau
vert à collet de panne. Son grison, harnaché
comme un cheval, était coiffé pour le moment du parchemin roulé en cornette; une
petite valise de cuir rembourrait le dos de la
selle.

Cependant les mariniers arrivèrent sur une
de ces larges barques qui chavirent si souvent
dans les eaux rapides de la Durance. L'étranger leur jeta une pistole et passa à bord sans
descendre de cheval; le chevalier des Gravaux
le suivit fièrement, et tandis qu'on démarrait
il dit au patron :

—Sans ce gentilhomme qui me fait l'avance

d'une demi–pistole, tu m'aurais laissé coucher là-bas, coquin !

—Pourquoi pas? fit le marinier. Sur l'eau point de corvée, et chacun ses dépens comme de juste. Les rivières et les chemins sont au roi, et le seigneur n'est seigneur que sur ses terres.

—Quand il en a, murmura le chevalier des Gravaux; c'est étonnant comme la canaille marche la tête haute à présent.

—C'est que nous sommes sujets du roi comme les seigneurs, interrompit le marinier, tous sujets du roi.

—Entendez-vous ce manant? dit le chevalier des Gravaux en se rapprochant de l'étranger; voilà pourtant où nous en sommes venus avec ces grandes exécutions contre les seigneurs et les châteaux. L'autorité royale a démoli les uns, rabaissé les autres, elle s'est assise au-dessus de tout; mais elle n'a pas maintenant le bras assez long pour tenir sous son joug le populaire qui pliait sous la main des seigneurs. Que Dieu pardonne à Charles

du Maine qui fit de la comté de Provence une
province française, et à monseigneur le car-
dinal-ministre qui fauche à plaisir depuis si
long-temps les droits et priviléges de la noblesse provençale ! ceci portera ses fruits quelque jour.

— Quelque jour, peut-être, fit froidement l'étranger ; mais qu'importe ? celui qui
sème ne songe qu'à la moisson qu'il va recueillir ; tant pis pour ceux qui suivront si
le même champ n'a plus que des ronces et
des orties.

—Des ronces et des orties de la Ligue, dit
le marinier en regardant de travers le chevalier des Gravaux, nos pères en ont eu les
jambes piquées et les bras aussi. C'est pourquoi nous tenons toute rebellion et prise d'armes contre notre roi Louis XIII comme une
damnable entreprise où il y a tout à perdre,
voire la tête. Çà ! vive le roi ! nous voici sur
les terres de Cadenet.

—Monsieur le chevalier, dit l'étranger en
sautant sur le rivage, nous allons, je pense,

suivre la même route; je le désire d'autant plus que je m'y trouverai fort empêché si vous ne me servez de guide : voulez-vous que nous marchions ensemble ?

— Je m'en fais un vrai plaisir, répondit courtoisement des Gravaux, en prenant les devans.

La pluie avait cessé et quelques étoiles luisaient au ciel rasséréné. Des bords de la Durance s'élevait encore le bruit sourd des grandes eaux, et par intervalles le murmure du vent dans les oseraies.

Une vaste plaine s'étendait devant les voyageurs; elle était bornée au nord par des montagnes, dont les noires dentelures se découpaient sur le sombre azur d'une nuit orageuse. Au bout de la route, qui traversait les champs en droite ligne, se dressait un rocher immense, couronné de remparts et de hautes tourelles, du milieu desquelles s'élançait la flèche hardie d'une église gothique : c'était le château de Cadenet. Au-dessous s'étageaient les maisons du village, ruche enfumée qui semblait reposer au-dessous d'un nid d'aigle.

Neuf heures sonnèrent à l'horloge du château, et chaque coup répété par les échos retentit dans cette nuit silencieuse.

Le chevalier des Gravaux se rapprocha de son compagnon de voyage qui cheminait sans mot dire, et répondait à peine oui ou non à toute question tant soit peu directe. L'entretien n'était pas facile à poursuivre avec un homme dont la langue semblait vouée aux monosyllabes : pourtant des Gravaux ne voulait pas attendre le débotter pour savoir à qui il servait de guide.

— Monsieur, dit-il, je suppose que vous allez vous trouver assez empêché de votre personne en arrivant à Cadenet! L'hôtellerie sera close peut-être.

— C'est probable.

— Si votre séjour à Cadenet devait être de quelque durée, je vous plaindrais d'un si pauvre gîte. Venez-vous pour la foire, monsieur?

—Non, monsieur, j'ignorais qu'il y eût une foire.

— Elle est très-assortie en fromage, lard salé, chanvres et chevaux. Elle dure trois jours. C'est une foire franche, et il y aura beaucoup de monde.

—Beaucoup de monde! fit l'étranger avec quelque inquiétude ; puis il se hâta d'ajouter d'un air indifférent : Et quel monde, monsieur le chevalier ? Y verra-t-on des gens du côté d'Avignon, de riches marchands, des gentilshommes du comtat Venaissin ?

— Il n'y a pas apparence : ces gens-là ne sortent pas volontiers des terres papales. Bon pays ! point de taille ni de gabelle ; là-bas tous les marchés sont foires franches ; les marchands n'ont que faire de nous apporter leurs denrées et les gentilshommes ne se soucient pas d'acheter nos chevaux. Il ne viendra que des Provençaux à Cadenet : vous pensiez peut-être, monsieur, rencontrer quelque figure de connaissance parmi ceux d'Avignon ?

—Non, monsieur, personne.

— Je ne vous demande pas si vous êtes Provençal ou Français; ni l'un ni l'autre : cela se reconnaît d'abord. Votre accent me dit que vous êtes né au-delà des monts, au-delà des Alpes ou bien des Pyrénées. L'Italie et l'Espagne sont de beaux pays, monsieur.

— Surtout l'Espagne.

— Vous êtes Espagnol, monsieur?

— Je suis Italien, mais j'ai vécu pendant plusieurs années dans la Péninsule.

— *Hombre! lo celebro!* s'écria des Gravaux en bon espagnol.

L'étranger tressaillit et retint son cheval pour le mettre au pas du grison.

L'Espagne est un pays dont je parle volontiers, continua des Gravaux ; c'est là que la vie est bonne ! Un paradis sur cette terre, pour la noblesse et le clergé ; un peuple fier, mais soumis à ses maîtres ; les plus belles églises et les plus belles filles du monde. Je me serais fait moine si j'étais resté en Espagne : en quel temps y étiez-vous, monsieur?

—Il y aura bientôt vingt ans, répondit

l'étranger avec une sorte de mélancolie, que j'étudiais en l'université de Salamanque.

—J'étais pour lors de retour dans notre Provence, mais mon cousin le vicomte Hébert de Cadenet habita vers cette époque Salamanque; vous devez vous souvenir de lui, monsieur,.... un beau cavalier, toujours triomphant près des dames, tant soit peu joueur et querelleur : homme de bien s'il en fut jamais, et grand catholique; son grand-père, vieux gentilhomme tout pétri du levain de la Ligue, l'avait bien élevé.

—Hélas! fit l'étranger, c'était pour arriver à meilleure fin sans doute....

—Hébert de Cadenet avait l'honneur d'être connu de vous? interrompit des Gravaux avec quelque étonnement.

—Il fut mon ami.

—Vous connaissez aussi, sans doute, son père, monsieur le baron de Cadenet?

.—Je le verrai ce soir pour la première fois, répondit l'étranger avec quelque hésitation; c'est chez lui que je vais.

— Et moi aussi ; monsieur, je me félicite
du hasard qui nous fait arriver ensemble. Je
suis de la maison, proche parent du baron de
Cadenet, et, s'il vous plaît, je vous servirai
d'introducteur : mais d'abord il sera à propos de me dire votre nom.

— Je m'appelle Giulio.

— Giulio tout court ?

— Giulio de Mazara, si vous aimez mieux,
répliqua l'étranger avec quelque hauteur.

— Oui, je l'aime mieux ainsi, quoique en
vérité ce nom ne m'en dise pas davantage ; je
ne le trouve pas dans ma mémoire. Les Mazara ne sont point dans les alliances de famille
que nous avons en Italie.

— Ils n'ont pas cet honneur, monsieur.

— *Ay ! triste de mi !* s'écria des Gravaux,
après un silence, que la mort du vicomte
Hébert a été un rude coup pour son père !
Vous en savez la cause, monsieur ?

— Un malheureux duel : j'étais pour lors à
Rome, et la chose s'est pour ainsi dire passée
sous mes yeux. C'est pour accomplir la volonté

dernière d'un mourant que je viens vers le baron de Cadenet.

—Jésus-Dieu ! s'écria des Gravaux, cette grande affliction commençait à se consoler : êtes-vous porteur de quelque message qui vienne rouvrir toutes ces plaies ?

— Le vicomte Hébert a survécu deux jours à sa blessure, continua froidement l'étranger ; je ne l'ai pas quitté, et, en ses derniers momens, il m'a parlé de son père, des malheurs de son exil et des affaires de Provence, auxquelles il prenait tant de part.

—Ah ! ah ! vous étiez donc bien avant dans sa confiance ? interrompit des Gravaux avec inquiétude.

—Il a compté sur moi pour le soin de certains intérêts, qui le préoccupaient encore en ses derniers momens. Le baron de Cadenet est Provençal dans l'âme, tout dévoué au pays dont il a bien défendu, trop bien défendu les priviléges....

—A qui le dites-vous, monsieur ? Je le sais, moi qui ai vu de près tous ces désastres, bien que je n'aie jamais trempé dans aucun complot. Je suis le fidèle sujet du roi et le très-obéissant serviteur du cardinal de Richelieu. J'aime la paix par-dessus tout : il n'y a que l'exil, les confiscations et la mort au bout de ces rebellions qui tendent à défendre les droits et priviléges du pays.

—Ce serait un grand bonheur, monsieur, si vous aviez fait entrer le baron de Cadenet dans ces sentimens.

Des Gravaux secoua la tête.

— Le baron de Cadenet ne fera pas amende honorable pour le passé, dit-il, et ne jurera rien pour l'avenir; mais que peuvent craindre de lui ses ennemis ? le voilà vieux et cassé : le temps n'est plus où il pouvait, par l'autorité de sa fortune et de son nom, soulever les émotions populaires, s'opposer à l'élection des officiers royaux et mettre dans de grands embarras le gouvernement de Provence. Le temps n'est plus où, premier gentilhomme du duc de Montmorency, il levait des compagnies et allait se battre à Castelnaudary

contre les troupes royales. Le voilà fort ap-
pauvri par les confiscations, fort humilié par
le triomphe de ses ennemis, et par-dessus tout
le cœur brisé de la perte de son fils unique. Sans
plus songer aux intérêts de ce monde, il commence à s'appliquer seulement au soin de son
salut; mais, pour ce qui est de quelque sou-
mission éclatante, pour ce qui est de se déclarer le serviteur de monsieur le cardinal,
il ne le voudra jamais : ce serait renier les
sentimens de toute sa vie.

— Sa vie a été celle d'un ambitieux mal-
adroit : or l'ambition tient au cœur de
l'homme jusqu'au-delà de la mort; il se
trouve toujours à temps de la contenter, ne
fût-ce qu'avec un titre de plus sur son épi-
taphe.

Ne sommes-nous pas à la porte du bourg,
monsieur?

— Si bien; mais à cette heure les clefs en
sont déjà au château : il faudra faire le tour
des remparts.

Des Gravaux poussa sa monture dans l'é-

troit sentier qui serpentait au pied des fortes
murailles du bourg. Le château semblait suspendu au sommet de cette route escarpée;
ses créneaux, ses noires tourelles, se dessi-
naient comme une nette découpure sur les
nuages qu'un rayon de lune commençait à
blanchir.

.Quelques lumières veillaient çà et là derrière les étroites fenêtres, et sur les vitraux en
losange se mouvaient de grandes ombres.

Les voyageurs arrivèrent haletans à la plate-
forme sur laquelle s'ouvrait la porte princi-
pale du château. De ce point élevé on dominait le bourg et les campagnes, où tout était
sombre, muet, endormi. A travers le voile que
la nuit jetait sur cet admirable paysage, on
distinguait comme un sillon d'argent : c'était
la Durance, dont la lune commençait à illu-
miner les ondes rapides.

Tandis que l'étranger, penché sur le cou de
son cheval, regardait au-dessous de lui, des
Gravaux se mit à sonner du cor. Ce n'était
pas un son aigu comme pour appeler les ma-

riniers, mais une joyeuse fanfare que répétè-
rent les échos. Il y avait quelque chose de
fantastique et une sauvage poésie dans ces
notes affaiblies et jetées au vent sous les murs
de cette féodale demeure, au pied d'une tour
aux fenêtres ogives et couronnées de lierre.
L'étranger tressaillit, une vague émotion pré-
cipita les battemens de son cœur, il frissonna
comme charmé par les harmonies d'un monde
inconnu ou par le démon qui dicte de magi-
ques paroles aux poëtes. C'est qu'il y avait
dans la nature froide et positive de cet homme
quelques facultés qui s'éveillaient à de rares
intervalles. Alors il comprenait les nobles
passions, la poésie, les beaux-arts, et de fé-
condes inspirations bouillonnaient en lui;
mais bientôt il retombait dans les réalités
d'une vie mesquine tourmentée par l'intrigue, les désirs d'une insatiable ambition
et les dissimulations perpétuelles d'une position difficile. Un bruit de verroux et la voix
du chevalier des Gravaux qui appelait les
valets le ramenèrent à son rôle; il releva sa

moustache brune, promena autour de lui ce regard rapide et calme qui lui était particulier, et passa tranquillement la porte du château de Cadenet.

II.

Il y avait dans les mœurs et les habitudes de la noblesse d'autrefois une certaine simplicité glorieuse dont il n'y a de traces nulle part aujourd'hui. Ces fiers gentilshommes, vivant toujours sur leurs terres et soumis de loin aux hautes juridictions, regardaient leurs paysans et leurs serviteurs comme des serfs émancipés. Ils se montraient d'autant plus jaloux de leurs droits et priviléges, que l'autorité royale en avait plus restreint l'exercice. Ces principes, dès long-temps acceptés, ne mettaient pourtant pas trop de distance entre le

paysan et son seigneur; ils se rencontraient,
se mêlaient, s'entendaient dans des relations
habituelles et presque intimes.

Dans les châteaux, maîtres et serviteurs
vivaient comme une grande famille dont le
seigneur était le chef suprême; on se voyait,
on se parlait tous les jours dans la chapelle,
à table, pendant les longues veillées, et il
n'y avait pas une si grande distance de la
haute chaise où s'asseyait la dame à l'esca-
beau sur lequel filait la servante, qu'elles ne
se fissent mutuellement compagnie.

Ces habitudes disparurent lorsque la noblesse eut tout-à-fait déserté ses châteaux
pour vivre dans les villes, où elle put faire
société avec ses égaux et coudoyer dans les
rues l'artisan et le bourgeois, qui ne rele-
vaient pas de ses juridictions. Mais, vers le
milieu du XVII⁰ siècle, il y avait encore en Provence beaucoup de familles qui habitaient
l'ancien fief dont elles portaient le nom;
meurtries et décimées par les guerres civiles,
elles se reposaient et se réparaient dans les

vieilles habitudes d'un autre temps. Elles dédaignaient la noblesse de robe, qui ne s'illustrait que par ses charges au parlement, et se glorifiaient d'appartenir à cette bonne noblesse d'épée qui aida la première maison d'Anjou à conquérir les royaumes de Naples et de Sicile.

Le baron de Cadenet descendait d'une de ces anciennes maisons. Il avait fait ses premières armes du temps de la Ligue et finit sa vie militaire au fatal combat de Castelnaudary. Allié des Montmorency, il suivit la fortune de cette puissante famille, et quand la tête du dernier duc fut tombée pour crime de haute trahison, il brisa son épée et se retira du monde : tant de rebelles venaient d'être punis, qu'on laissa aller celui-ci; son fils unique, condamné à mort, s'était sauvé en Italie.

Depuis ces événemens, le baron vivait dans son château de Cadenet, comme un de ces anciens seigneurs dont il avait recueilli l'héritage; les bruits du monde n'arrivaient pas

jusque dans sa solitude, et on eût dit qu'il se
complaisait dans l'oubli des vicissitudes de sa
vie passée, et du rôle qu'il avait joué dans
les événemens politiques de son époque. La
mort de son fils vint le frapper au milieu de
ce repos; il en reçut la nouvelle avec une
morne résignation; seulement il dit à son confesseur : J'avais espéré que ses os reposeraient
à côté des miens en terre de Provence, mais
Dieu n'a pas voulu qu'il mourût après monsieur le cardinal : que sa volonté soit faite !

Le baron ne recevait que de rares visites ;
son parent le chevalier des Gravaux était le
seul gentilhomme qui vînt passer à Cadenet
les quatre bonnes fêtes de l'année. Ce fut la
veille de Pâques qu'il y arriva avec l'étranger
que le hasard lui avait fait rencontrer par les
chemins déserts de la Haute-Provence.

Les voyageurs mirent pied à terre dans la
première cour.

— Le souper est-il fini? demanda le chevalier en jetant la bride de son grison aux mains
d'un valet.

— Il n'est pas commencé, bien que la demi
après neuf heures vienne de sonner; mais
monsieur le baron avait ordonné d'attendre.

— Il n'a pas voulu faire collation sans moi,
le digne homme! Allons, marche devant, et
conduis-nous dans la salle. Venez, seigneur
Giulio.

—Mais, monsieur, dit l'étranger avec quelque embarras, et en jetant un coup d'œil sur
ses larges bottes passablement crottées, je ne
sais... je n'ose me présenter ainsi devant notre
hôte.

— Allons donc! quel scrupule! vous ne
venez pas ici aborder un homme de cour tout
confit en cérémonie et en étiquette. Le baron
vit comme un patriarche : il ne se soucie pas
que l'on se présente devant lui en dameret,
et, tels que nous sommes, nous ferons encore
très-bonne figure à sa table; des gens plus
crottés que nous y seront assis.

L'étranger, un peu surpris, suivit des Gravaux dans un étroit vestibule dont deux
énormes chiens gardaient l'entrée. Un fanal

suspendu à la voûte éclairait l'escalier tournant qui conduisait au premier étage. Tout le rez-de-chaussée semblait inhabité, et ce n'était qu'aux fenêtres supérieures qu'on apercevait de la lumière.

Le valet ouvrit une porte qui se trouvait en face de l'escalier, et, élevant son flambeau, il cria : Monsieur le chevalier des Gravaux et le seigneur Giulio de Mascara !

— Mazara ! imbécile que tu es ! fit le chevalier.

A ce nom, le baron se leva et vint à la rencontre de ses hôtes. C'était un homme de soixante ans environ, maigre et basané comme un Arabe : sa physionomie était noble ; mais il y avait dans son regard, dans le demi-sourire qui parfois déridait sa bouche, quelque chose de sinistre. On retrouvait en lui le geste impérieux, les allures absolues d'un baron féodal, bien qu'il eût les manières polies de la bonne noblesse d'alors.

— Mon cousin, dit le chevalier des Gravaux en lui présentant l'étranger, voici un seigneur qui arrive d'Italie....

—De Rome peut-être? interrompit le baron avec une légère émotion dans la voix.

— Oui, monsieur, je viens de Rome, répondit l'étranger; j'avais promis à quelqu'un que nous avons pleuré tous deux, de vous visiter en passant par la Provence. Sans doute, dans ses lettres, il vous a quelquefois parlé de Giulio de Mazara.

Le baron sembla chercher un moment ce nom dans ses souvenirs; puis il tendit la main à l'Italien, en lui disant : Soyez le bienvenu, monsieur; je vous suis reconnaissant d'avoir voulu visiter un pauvre vieillard si délaissé du monde et de la fortune.

Asseyez-vous sous la cheminée, monsieur, vous y serez chaudement; il fait froid comme en décembre.

Le seigneur Giulio se laissa conduire devant l'immense foyer, où brûlaient deux troncs d'arbres, et promena un regard surpris autour de lui. Il se trouvait tout dépaysé au milieu de cette hospitalité d'un autre siècle. Les fêtes, les palais de la somptueuse Italie vinrent à sa mémoire, et une rapide comparaison l'attrista profondément ; il s'épouvanta d'avoir à vivre quelques jours dans ces nouvelles et singulières habitudes.

Une grande table était dressée au milieu de la salle, et une chaise à dossier indiquait au haut bout la place du baron. A sa droite, il y avait quatre couverts et autant de siéges vides. A la cinquième place du même côté, un capucin se tenait debout en attendant le souper ; c'était l'aumônier du château : moyennant dix livres tournois l'an, il disait tous les jours la messe dans la chapelle et les grâces à chaque repas.

Au bas bout de la table, et à une distance respectueuse des maîtres, il y avait place pour une trentaine de valets, servantes, pâtres, porchers et autres manans, qui prenaient là leurs repas sans couverts ni serviettes.

La salle n'était pas magnifique, et, le long des murs blanchis à la chaux, il n'y avait d'autres meubles et ornemens qu'un dressoir chargé de vaisselle, et çà et là quelques arque- buses accrochées entre des bois de daim et des oiseaux empaillés. Une grosse lampe de fer suspendue au plafond éclairait en plein le haut bout de la table et projetait d'obliques rayons sur les côtés de la salle où se tenaient les paysans et les domestiques.

— Il paraît que je vais souper avec tout ce monde-là, pensa l'étranger ; *per Dio !* ce serait à faire rire monsieur le cardinal, s'il voyait ce que je suis obligé de souffrir pour son service.

— Cousin, dit le baron à des Gravaux, je compte sur vous pour m'aider à bien recevoir mon hôte. Monsieur de Mazara, j'espère que vous me ferez la faveur de ne pas vous consi- dérer ici comme un passant.

L'étranger s'inclina et répondit avec une politesse empressée : J'y suis venu dans le désir de connaître un gentilhomme de grand cœur et de grande réputation, monsieur le baron ; on ne se lasse pas vite de si bonne compagnie, et je suis votre hôte tant que le permettront

les affaires qui m'appellent à Paris : une di-
zaine de jours.

—Nous chasserons! s'écria des Gravaux.
Êtes-vous grand chasseur, monsieur ?

—Mais, non, pas beaucoup, monsieur, répondit l'étranger avec quelque embarras.

—Tant pis! monsieur, tant pis! c'est le plus
beau passe-temps de la noblesse.

On servit le souper ; c'était une simple collation aussi frugale que celle qu'on eût trouvée
la veille de bonnes fêtes dans le réfectoire d'un
couvent. Personne ne bougeait, et l'étranger
allait demander à des Gravaux qui l'on attendait pour se mettre à table lorsqu'un valet
ouvrit les deux battans de la porte et cria :

—Madame la comtesse de Sault et mademoiselle de Novès.

Aussitôt tout le monde se leva. Deux dames
entrèrent et vinrent prendre place à table près
du baron de Cadenet. L'une était si vieille qu'à
grand'peine retrouvait-on quelques traces de
beauté sous ses rides. Elle avait la démarche
fière et l'abord imposant. Ses cheveux, entière-

ment blancs, étaient roulés sous une grande coiffe à barbes. Elle portait une robe de laine violette et le cordon de Saint-François en ceinture.

L'autre dame était à la fleur de l'âge, et sa beauté si fraîche et si juvénile brillait entre ces vieux visages comme une rose au milieu d'un buisson d'épines. Elle avait des traits fins et charmans, les sourcils noirs, les cheveux blonds, et les yeux d'un beau bleu sombre comme l'azur des flots. Une robe verte à manches justes retombait en gros plis autour de sa taille gracieuse ; sa chevelure était relevée en nattes au sommet de la tête, comme une couronne de reine, et elle tenait à la main un bouquet de violettes.

Le baron présenta son hôte à la comtesse de Sault ; puis, le conduisant devant la jeune fille, il dit : C'est ma nièce, monsieur, c'est mademoiselle Laure de Novès. Prenez place à côté d'elle pour le souper ; elle vous entretiendra dans votre belle langue italienne, qui lui est aussi familière que le français.

L'Italien s'inclina avec respect; un sourire de satisfaction passa sur ses lèvres, et il jeta autour de lui un regard joyeux. Cette salle enfumée et sombre, ces rudes visages, ces grandeurs provinciales, ces habitudes d'un autre temps, ne l'attristèrent plus; tout cela lui sembla presque riant et de bon goût. Il y avait dans la prodigieuse activité de cet homme une sorte d'impatience qui lui avait fait compter les momens de son séjour à Cadenet comme autant d'années d'exil; mais l'aspect de cette belle jeune fille changeait tout-à-coup ses impressions, et il se sentait fort résigné à sacrifier quelques semaines pour conduire à bonne fin l'importante et secrète mission qui l'amenait près du baron de Cadenet.

III.

Il était près de minuit lorsque Giulio monta dans la chambre qu'il devait occuper pendant son séjour au château de Cadenet. C'était une vaste pièce située au premier étage du corps de logis principal. Une tenture de laine verte cachait le mur, qui, à l'embrasure des fenêtres, avait cinq pieds d'épaisseur ; les solives du plafond étaient bariolées de grossières peintures, et le manteau sculpté d'une haute cheminée faisait face à une alcôve devant laquelle retombaient d'immenses rideaux. Les meubles dataient au moins de deux siècles : c'étaient

des bahuts recouverts de cuir, rangés le long
du mur, des siéges plians, des armoires de
noyer aux loquets luisans, et un morceau de
glace encadré dans un merveilleux travail
d'incrustation.

Des Gravaux, qui avait accompagné l'étranger dans la chambre de cérémonie, jeta autour
de lui un regard satisfait. — Vous serez bien
ici, dit-il, en faisant signe au valet qui allu-
mait deux flambeaux de cire jaune de faire
la couverture, vous serez très-bien ici, monsieur; il a couché de grands personnages dans
cette chambre, le livre de famille en fait foi:
je vous montrerai cela demain dans les archives. Maintenant, bonsoir, monsieur.

Le valet, en soulevant les rideaux de l'alcôve,
venait de découvrir un lit haut de cinq pieds
et large pour coucher six personnes. Les cou-
vertures garnies de franges traînaient jusque
sur le carreau, et au chevet il y avait un grand
Christ, à côté d'un bénitier de marbre; une
tenture à personnages, représentant la Passion,
ornait les murs de l'alcôve. Tout cela avait

l'aspect lugubre d'une chapelle mortuaire,
et, sous les rideaux à demi tirés, l'étranger crut voir voleter des chauves-souris; il
s'assit au pied du lit sur un vieux fauteuil
de cuir noir, et, levant les yeux, il trouva
sur la tapisserie la face du mauvais larron qui
lui faisait une horrible grimace. Giulio n'était
certes point poltron, mais il s'impressionnait
aisément; il se sentit saisi d'un vague malaise
dans la demi-obscurité de cette lugubre chambre où il allait être seul toute la nuit.

—Monsieur, dit-il, en essayant de retenir des
Gravaux, je ne me sens point pressé de dormir.
Où donc est la chambre que vous occupez?

—Au second étage, sur celle-ci; nous avons
le même escalier; je n'aurai guère qu'une
vingtaine de marches à descendre pour venir
chez vous demain matin. Bonne nuit, monsieur, vous devez être fatigué.

—Point du tout, et si je ne craignais d'abu-
ser de votre complaisance, je vous retiendrais
encore deux bonnes heures; je me sens plus
en train de causer que de dormir.

—Oui-dà ! fit des Gravaux, en traînant un siége près de la cheminée, en ce cas veillons encore un peu ; je ne suis pas pressé de monter là-haut, mon habitude étant de ne dormir que quatre heures chaque nuit.

— C'est une précieuse faculté que vous avez là.

—Dont j'enrage souvent, car le sommeil est le meilleur ami de l'homme : il le repose de ses soucis, de ses fatigues ; il ramène l'âme dans les limbes où elle dormait avant de s'éveiller au monde.

—Dormir c'est mourir, dit l'Italien en s'asseyant en face de des Gravaux ; or la vie est bonne....

— C'est selon ; monsieur : je le pensais il y a quelque trente ans, mais depuis.... Tony, mets encore deux fagots dans la cheminée, et va-t'en, avec la permission de Monsieur.

Le valet se retira. Des Gravaux mit son siége sous la cheminée, et appuyant ses pieds sur les énormes chenets, il dit gravement : Vous êtes jeune encore, monsieur, vous êtes riche, puissant, honoré, vous n'avez plié devant personne, vous n'avez jamais souffert ni dans votre orgueil ni dans vos affections; cela se voit, monsieur, vous avez toujours été heureux...

—Peut-être, répondit Giulio avec un demi-sourire. Quel est l'homme auquel toutes choses réussissent sans obstacles ni dégoût? mais, du moins, je ne me suis pas brisé contre les malheurs qui m'ont frappé; j'ai plié sous eux et j'ai toujours relevé la tête après l'orage : le succès ne manque jamais à celui qui sait le voir venir et l'attendre.

—Hélas! fit des Gravaux, il y a des hommes toujours malheureux, soit qu'ils attendent leur destinée, soit qu'ils se jettent au-devant d'elle. Regardez autour de vous ici, et les exemples ne vous manqueront pas.

— La vieillesse du baron de Cadenet n'est pas heureuse, je le sais; mais la religion aurait dû l'exhorter à la résignation.

—Eh! monsieur, peut-il oublier les terribles malheurs dont il fut témoin : le duc, son ami et son maître sur l'échafaud? Peut-il oublier que son fils est mort dans l'exil, et que son plus cruel ennemi vit encore au comble du pouvoir et de la grandeur?.... Le baron souffre son adverse fortune d'un visage impassible; mais, devant ses yeux, qui n'ont jamais versé une larme, sont toujours présens le billot où tomba la tête de Montmórency, le cercueil de son fils, et l'image de monsieur le cardinal.

—La mort d'Hébert de Cadenet a dû être une grande douleur pour son père; jeune encore et si plein d'honneur, de générosité, brave entre les braves! je l'ai pleuré sincèrement, monsieur, j'ai eu ses dernières paroles!....

Mais cette famille ne s'éteint pas avec lui; il m'avait nommé un parent : je le croyais ici.

—Le comte de Bormes. Pas encore, monsieur, pas encore..... C'est l'héritier de tous les biens substitués de la maison de Cadenet; les fiefs, les terres d'alleu, les cens, les droits seigneuriaux, il aura tout, tout jusqu'à la fiancée d'Hébert de Cadenet; mais encore faut-il qu'il laisse libre, pendant le deuil, cette belle place que la mort vient de lui faire.

—La fiancée d'Hébert de Cadenet! fit l'étranger avec quelque surprise. Était-ce mademoiselle de Novès?

— Eh quoi! ne vous l'avait-il pas dit?

— Jamais, monsieur.

— C'est étrange. Alors vos entretiens ne roulaient guère que sur les affaires politiques?

—Elles étaient le sujet de ses confidences et de tous nos entretiens, répondit l'étranger avec intention; mais des Gravaux n'eut pas l'air de s'arrêter à ces paroles, et continua, disant :

— Oui; Laure de Novès aurait épousé Hébert : on l'avait élevée pour lui dans des sentimens qui conviennent à une fille de son sang, à la femme d'un exilé.

— Quoi! dans des sentimens de haine et de vengeance? Une si belle et si jeune fille peut-

elle s'associer ainsi aux passions et aux querelles politiques ?

— Madame de Sault a élevé sa jeune pa-
rente dans l'exemple de sa vie passée ; elle a
tenté d'en faire une femme forte comme elle.
Mais Laure de Novès n'a rien de sa famille
que l'esprit et la beauté; son âme est timide.

— Tant mieux pour celui qu'elle doit épouser ! Mais comment madame de Sault a-t-elle
gardé ces profonds ressentimens, elle, depuis si
long-temps éloignée du monde? Pas un de ses
ennemis n'est vivant aujourd'hui ; car voilà
bien cinquante ans que la jeune et belle comtesse levait des compagnies pour la Ligue et
livrait la ville d'Aix au duc de Savoie.

— C'était un esprit de femme terriblement
ambitieux et remuant. Il lui en tient encore
quelque chose ; elle ne s'est pas résignée à la
loi du vainqueur, et, après tant d'années, elle
conserve sa fière contenance. Mais, qu'importe
à Sa Majesté et à monseigneur le cardinal, dont
je suis fort le serviteur, qu'il existe dans un

vieux château une vieille dame qui ne voudrait pas que le roi fût comte de Provence ?
Tout ce feu de colère et de rebellion s'en va
en fumée qui ne suffoquera personne. Notre
temps est passé....

Des Gravaux s'interrompit et croisa ses bras
d'un air résigné ; puis il dit brusquement :

— Et vous, monsieur de Mazara, pour quel
parti tenez-vous ?

— Moi ? fit l'Italien, je ne suis d'aucun
parti ; étranger à ce pays, je n'ai vu que de
loin les querelles auxquelles vous avez pris
part.

— Je n'ai pris part à rien, interrompit des
Gravaux ; je n'ai jamais été assez mal avisé
pour me compromettre dans toutes ces tur-
bulences qui ont coûté cher à beaucoup de
mes amis. Ne possédant rien, je ne risquais
pourtant pas de perdre grand'chose. Il y a eu
de terribles révoltes contre l'autorité de monseigneur le cardinal ; je suis fort son serviteur,
mais en général il n'est aimé ni de la noblesse
ni du peuple. Je vous raconterai des choses....

L'Italien, la tête renversée sur le grand
dossier de son fauteuil, sommeillait à demi
et répondait par gestes à cette voix monotone
qui le berçait. Des Gravaux lui raconta toutes
les querelles du parlement de Provence avec
la cour. Enfin, il se leva, disant :

— Bonsoir, seigneur Giulio ; voici qu'il se
fait tard, bonsoir.

— Déjà, monsieur ! fit l'étranger en rouvrant les yeux. Le sommeil ne me vient pas ;
il me semble que je dormirai mal dans ce lit,
où couchèrent avant moi tant d'illustres personnages. Ne vous rappelez-vous pas quel-
ques-uns de ces noms, monsieur?

— Il y en aurait pour parler jusqu'au point
du jour, dit le chevalier des Gravaux en se
rasseyant. Le château de Cadenet est dans
toutes les pages de l'histoire de Provence ; il
date du douzième siècle.

Le vieux gentilhomme jeta un regard autour de lui, et sembla recueillir les orgueil-
leux souvenirs qui se rattachaient à cette
chambre de parade.

— C'est ici, continua-t-il, que coucha la comtesse Béatrix, lorsque, après son joyeux avénement, elle visita les grands vassaux du comté de Provence. La voyez-vous cette souveraine de seize ans, avec ses longs cheveux flottans sur le manteau d'hermine et la couronne au front, tenant cour plénière dans ce château où toute la noblesse des environs s'était réunie?...

— Et vous croyez, monsieur, que cette même chambre où nous sommes fut la sienne?

— Les livres en font foi. C'était alors comme un grenier ouvert à tous les vents, car on n'avait pas le luxe d'aujourd'hui; les vitraux, les tentures, les siéges plians, étaient meubles inconnus, et madame Béatrix ne trouva pas ici un aussi bon lit que le vôtre.

Plus tard, Jeanne Ire, la belle reine Jeanne, passa quelques jours dans le château de Cadenet. C'était déjà un temps de luxe et de mollesse : des vitraux coloriés ornaient les fenêtres, et il y avait dans cette chambre de belles tentures et une chaise d'ivoire où s'asseyait la reine. Voyez-vous ce médaillon à gauche, sur le manteau de la cheminée? c'est le portrait de Jeanne.

Le chevalier prit un flambeau et l'éleva vers le haut chambranle où, parmi de bizarres ornemens, ressortaient quelques têtes sculptées en plein relief. Celle de la reine Jeanne était d'une beauté mélancolique; un voile cachait à demi sa *couronne fermée*, et retombait sur son manteau fleurdelisé.

— Quel est ce visage? demanda Giulio en avisant dans un autre médaillon les traits sévères et l'armure d'un chevalier.

— Celui-ci est Raymond de Turenne, surnommé le mortel fléau de Provence. Il fit la guerre aux anciens comtes, et ses cruautés furent pires que celles des Juifs et des Barbaresques. Il avait à sa solde tous les bandits d'Italie, tous les mauvais garçons de Languedoc et de Guyenne. A la tête de cette troupe, il prit et ravagea le château de Cadenet. Ici, dans cette même chambre, devant la fenêtre, il tua de sa main le baron qui ne voulut pas demander merci, et jeta son corps sur le pavé de la cour...

— Et cet assassinat resta sans vengeance ? demanda Giulio avec une sorte de frémissement.

— Oui, de la part des hommes ; mais la vengeance de Dieu vint enfin ! Raymond de Turenne, qui avait affronté la mort en tant de rencontres, périt misérablement en traversant le Rhône sur un bateau. N'est-ce pas là une belle mort pour ce terrible batailleur ? Ah ! qu'il dut être plein de rage en rendant au diable sa vilaine âme entre deux eaux !

— Et ce gentilhomme, quel est-il ? demanda Giulio en désignant un buste en marbre placé dans une espèce de niche au milieu de la cheminée. Il représentait un homme jeune et fort beau ; ses moustaches retroussées n'allaient point mal à la coupe presque féminine de son visage, et ses cheveux retombaient en boucles épaisses sur un cou mince et gracieux comme celui d'une jeune fille.

— C'est Humbert de Vins, le terrible ligueur,

répondit des Gravaux avec un soupir; c'est le
beau-frère de la comtesse de Sault. Il fut
tué au siége de Grasse, et le peuple lui fit de
belles funérailles; mais que sont toutes ces
vanités sur le cercueil d'un mort! Humbert
de Vins visitait souvent son cousin le baron
de Cadenet; cette chambre était la sienne.
Voyez-vous cette épée suspendue à côté du
bénitier? C'est celle qu'il portait au siége de
Grasse; elle n'était plus qu'un tronçon rougi
du sang huguenot quand on la retira de sa
main raidie. Eh bien! monsieur, ne vous
semble-t-il pas que vous êtes ici en belle et
noble société? des reines, des guerriers fa-
meux.

—Des ombres! dit l'étranger avec mélancolie; quel néant que la gloire et la grandeur!
Serait-il donc vrai que l'ambition est une
vaine et méprisable folie!

—C'est mon opinion depuis tantôt cinquante ans, et j'ai agi toute ma vie en consé-
quence, fit des Gravaux en se levant; les
plus petits sont les moins foulés par les temps

de calamités où nous vivons.... Ce n'est pas que
je me plaigne de l'autorité de monsieur le cardinal ; mais il est tombé tant de têtes qui
étaient trop hautes.... Sur ce, bonne nuit,
monsieur ; à neuf heures on dit la messe dans
la chapelle : s'il vous convient d'y assister ?...

—Sans doute, monsieur, répondit l'étranger avec distraction, j'y serai.

—Le coq chante, voici le point du jour,
nous avons veillé tard !

—Loué soit Dieu ! fit Giulio en allant ouvrir les croisées, la nuit est finie !

IV.

Le soleil se levait radieux sur les belles plaines que baigne la Durance; l'air était tiède, tout plein des parfums sauvages qu'exhalent les prairies; la terre s'éveillait au premier souffle du printemps, et dans les bois, dans les prés, au bord des eaux, semblaient résonner de faibles et lointaines harmonies. La mésange sautillait le long des haies, le rossignol commençait son nid entre les bourgeons, les fleurs allaient éclore aux buissons d'églantiers, et les touffes bleuâtres du romarin secouaient

leurs chaudes senteurs au penchant des col-
lines.

L'Italien, debout à la croisée, voyait venir
le jour : un admirable paysage se découvrait à
ses regards à mesure que le soleil dissipait les
ombres; loin à l'horizon les montagnes de la
Basse-Provence levaient leur tête chauve dans
la brume; et dans la plaine les fleurs purpurines de l'amandier et la première verdure
des blés formaient de grands sillons entre lesquels ondulait le cours de la Durance.

Le bourg de Cadenet ressemblait à un tas
de pierres jeté au milieu d'une fraîche prairie; ses maisons basses et enfumées étaient
protégées par une enceinte de remparts au
sommet de laquelle le château seigneurial
était comme suspendu dans les airs. Une terrasse soutenue par des fortifications s'avançait
comme un triangle devant la façade princi-
pale du château; elle formait une petite promenade intérieure plantée d'ormes rabougris;
nul gazon ne pouvait verdir dans ce lieu
incessamment battu par les vents; mais çà et

là croissaient les plantes des montagnes, le thym, l'œillet à cinq feuilles et la scabieuse.

Sur l'un des côtés de la terrasse s'élevait la chapelle, dédiée à sainte Madeleine; sa nef gothique s'appuyait sur une tour carrée où étaient les prisons et les archives.

La façade du château était percée de fenêtres irrégulières qui s'ouvraient au premier étage sur un large balcon pris dans l'épaisseur des murs du rez-de-chaussée; une balustrade sculptée servait d'appui, et entre chaque pierre le giroflier et la pariétaire jetaient leurs rameaux vivaces.

Appuyé sur la fenêtre, Giulio tournait son visage aux brises matinales. Ses yeux fatigués d'une nuit d'insomnie se fermaient au soleil levant; une molle langueur, un bien-être ineffable, paralysaient toutes ses sensations; il ne pensait plus, il ne se souvenait de rien; mais il se sentait vivre, il respirait enivré cet air frais du printemps dans lequel palpitait toute la création. Parfois, rouvrant les yeux, il essayait de regarder devant lui; tout

dormait encore : seulement quelques oiseaux
voletaient le long du balcon. Giulio finit par
se laisser aller à ce demi-sommeil, et il resta
accoudé sur la balustrade. Le vent déroulait les boucles épaisses de sa chevelure et
découvrait le large contour d'un front plein
d'audace et de génie ; sa tête reposait sur une
de ses mains blanches et effilées comme celles
d'une femme ; ses yeux voilés de longs cils
dormaient entr'ouverts, et les pures lignes de
son profil se découpaient comme une sil-
houette'sur l'ombre de la fenêtre. Un manteau
noir, rejeté sur le bras à la mode espagnole,
drapait admirablement sa haute taille. C'était
ainsi une figure si fière, si bien posée, qu'on
eût dit quelque portrait de Rembrandt sorti
de son cadre.

Giulio dormait ou rêvait ainsi depuis une
heure, lorsque la cloche de la chapelle qui
sonnait le premier angelus l'éveilla en sur-
saut ; il leva vivement la tête, personne encore sur la terrasse ni aux fenêtres ; mais il
lui sembla qu'à l'autre extrémité du balcon

venait de disparaître une ombre, le reflet
d'une robe verte. Il quitta alors sa place et
marcha lentement en jetant d'obliques regards sur les fenêtres qui, comme la sienne,
s'ouvraient sur le balcon ; toutes étaient closes
encore, et les vitres en losange encadrées dans
des rubans de plomb étincelaient au soleil
levant.

Giulio revint s'asseoir avec quelque dépit de n'avoir eu qu'une vision. Mais peu à
peu ses idées prirent un autre cours : il sembla se réveiller au milieu de cette paresseuse
et frivole préoccupation, et sourire à d'autres
pensées ; pensées d'ambition, d'insatiable orgueil, de duplicité profonde. Il songea que de
cette mission confiée par Richelieu à sa diplomatie rusée, dépendait peut-être la plus
haute fortune. Son imagination s'élança dans
l'avenir ; il vit la France entière aux genoux
de son maître et aux siens, et il murmura en
portant une main à son front : Ces papiers sous
les yeux du roi.... Monsieur convaincu de
haute trahison envers la personne de son

frère.... les deux reines exilées.... et Richelieu déclaré régent du royaume.... Le baron
de Cadenet me les livrera, ces papiers ; il me
les livrera de gré ou de force.... Qui sait s'il ne
les a pas détruits ?—Oh ! non, il les garde avec
les reliques de Montmorency..... Que Dieu
m'aide en cette entreprise difficile ! Il sera
malaisé de capter la confiance de ce rude gentilhomme.... peut-être faudra-t-il rester long-
temps ici.... *Per dio !* les beaux yeux de mademoiselle de Novès m'égaieront cet exil : la
blanche colombe habite exprès pour moi ce
nid de hiboux. Que la présence d'une belle
fille est un grand talisman contre tout ennui
et langueur d'âme !

Le bruit d'une fenêtre dont on poussait les
volets coupa court aux réflexions de Giulio ;
il se leva et salua la comtesse de Sault, qui
s'avançait sur le balcon. Elle était seule ; d'a-
bord, sans paraître remarquer l'étranger debout à quelques pas, elle ouvrit son livre
d'heures et commença ses prières mêlées de
signes de croix ; elle marchait lentement et

les bras croisés, tout en les récitant : on eût dit
un chanoine lisant son bréviaire. Quand elle
eut fini, elle ferma son livre et salua gravement Giulio; alors il s'approcha.

— Eh bien ! monsieur, lui dit-elle, comment vous trouvez-vous de l'hospitalité du
baron de Cadenet ? avez-vous reposé à votre
satisfaction dans la chambre qu'on vous a
donnée ?

— J'y ai veillé une partie de la nuit, madame, fort curieux d'écouter les histoires
racontées par le chevalier des Gravaux.

— Les histoires de la chambre verte ? on en
ferait un livre, monsieur, et je pourrais pour
ma part en fournir quelques pages. Mais qui
prend goût désormais à ces récits d'autrefois !
Qui se soucie des gloires de la vieille Provence ?
Nous sommes devenus Français, monsieur : il
n'y a plus de Provençaux entre la mer et la
Durance.

— Mais si, bien au-delà, fit Giulio : on en
retrouve sur les terres de Cadenet.

En achevant ces mots, il salua en passant

devant une croisée ouverte et resta debout sur
le balcon. Laure de Novès avait fait deux pas
pour lui rendre son salut. Elle était dans une
petite salle qui servait de bibliothèque ; quelques rayons de bois noir chargés de bouquins
s'étageaient en face de la fenêtre ; devant il y
avait un immense pupitre chargé d'écritures ;
quelques portraits décoraient la muraille, le
long de laquelle étaient rangés des bancs curieusement sculptés. Un grand fauteuil à bras
indiquait la place de la comtesse, et tout à
côté un petit pliant, celle de mademoiselle
de Novès; des bouquets de jacinthe et de violette s'épanouissaient dans une grande coupe
qui jadis avait dû servir dans les festins d'ap-
parat. Il y avait dans l'arrangement gothique
de cette pièce quelque chose de frais, d'élé-
gant, qui frappa Giulio; il s'arrêta sur le seuil
comme s'il se trouvait devant quelque mysté-
rieuse cellule où les pas d'un homme n'eussent jamais pénétré.

Mademoiselle de Novès restait aussi debout :
son calme visage s'animait d'un sourire, et

une légère rougeur éclatait sur son front doucement incliné. Il y eut un moment d'hésitation et de silence; puis madame de Sault s'avança : alors l'Italien lui présenta la main, et la reconduisit à son fauteuil.

— Les œuvres de Pétrarque! s'écria-t-il en jetant les yeux sur un volume ouvert au milieu du pupitre.

— C'est un beau livre, répondit mademoiselle de Novès; le nom de celle qui l'a inspiré ne mourra jamais.

— Bien des femmes lui ont envié cette gloire frivole, dit la comtesse; c'est pourtant peu de chose, pour l'orgueil d'une noble dame, que les chansons d'amour d'un pauvre poëte.

— Ah! madame, l'ami du cardinal Colonna, l'ambassadeur que Rome envoyait au Saint-Père, le poëte couronné au Capitole !

— L'amant d'une femme qui ne fut célèbre que par sa beauté! fit la comtesse avec quelque dédain.

— Elle fut aussi une femme sage, une femme forte, répondit mademoiselle de Novès,

en élevant ses regards vers un portrait placé
en face du pupitre.

Il représentait une jeune dame vêtue à la
mode du xiv⁰ siècle. Ses blonds cheveux cou-
ronnaient une tête de vingt ans; elle avait les
sourcils noirs, les yeux d'un bleu d'azur; son
profil délicat semblait sortir de la toile sombre,
et sa main mignonne tenait une fleur.

— Que ce portrait est charmant! s'écria l'Italien frappé d'une singulière et parfaite ressem-
blance; c'est un portrait de famille?

— C'est celui de madona Laura, répondit
madame de Sault; elle était fille d'Audibert de
Novès, chevalier, et elle épousa Hugues de
Sade. Vous vous nommez aussi Laure de Novès,
mon enfant, ajouta-t-elle en se tournant avec
un sourire vers la jeune fille, vous êtes belle;
ne pensez-vous pas que quelque jour vous
aurez aussi votre poëte?

— Ne raillez pas, madame, répondit-elle
toute rougissante; instruite à votre exemple,
je ne voudrais pas d'une telle gloire. Tous
ces rêves d'amour et de poésie ne sont que

dans les livres; il n'y a rien de tel dans la vie.

Giulio la regarda, puis il prit le livre et lut dans la belle langue italienne et avec le pur accent national cette *canzone* dont la grâce naïve et tendre ne saurait être traduite dans aucune langue. Le plus grand écrivain du dernier siècle en a imité la première strophe; mais il n'a pu rendre la mélodie de ces vers, qui dans l'original coulent et murmurent lentement comme les ondes de la fontaine où se baignait madona Laura. L'imperfection même de cet essai décourage le traducteur qui voudrait toucher à ce morceau que Voltaire regarde comme le chef-d'œuvre de Pétrarque. Voici les vers du poëte français :

> Onde fraîche, limpide et pure,
> Où la beauté dont je cherche les pas,
> Seule beauté qui soit dans la nature,
> Vient quelquefois rafraîchir ses appas !
> Fleurs qui touchez son sein, qui formez sa parure !
> Arbres heureux qui lui servez d'appui !
> Séjour embelli par ses charmes !
> Pour la dernière fois je vous parle aujourd'hui ;
> Écoutez mes soupirs et recevez mes larmes.

L'Italien se laissait aller à l'inspiration de cette suave poésie. Son regard plein d'émotion s'élevait vers Laure de Novès, sa madona Laura, sa dame à lui. Il n'y avait pourtant dans l'esprit de cet homme aucun plan arrêté de séduction, ni dans son cœur aucun sentiment d'amour vif et véritable. Il agissait d'instinct, par une habitude de vanité et de galanterie : il tâchait de plaire, d'être aimé; mais sans trop s'en soucier autrement que pour quelques jours. Son esprit s'aiguisait à ce jeu; son âme sèche et détachée de tout y retrouvait quelques émotions, et il savait bien qu'une fois parti, il ne lui en resterait aucun regret douloureux, aucun souvenir assez ardent pour tourmenter quelques instans de sa vie.

Debout près de la comtesse, Laure de Novès écoutait dans une muette attention; pour la première fois, des accens si doux, des regards si émus, s'adressaient à son cœur : elle baissa la tête et se recueillit; les larmes roulaient dans ses yeux, mais elles s'arrêtèrent sous ses longs cils.

Madame de Sault sommeillait ; ces paroles
d'amour n'avaient point d'écho dans un cœur
de quatre-vingts ans, il les avait dès long-
temps oubliées : c'était comme des cendres
froides sur lesquelles on eût secoué un flambeau.

Quand Giulio eut fini de lire, il leva les
yeux sur le portrait de madona Laura, et mettant une main sur son cœur, il dit : — Heureux, mille fois heureux celui qu'elle aima !...

— Monsieur de Mazara ! cria de dessus le
balcon la voix aigre de des Gravaux, monsieur
de Mazara ! voici qu'on sonne la messe.

L'Italien présenta la main à madame de
Sault avec cette politesse empressée dont on
ne se dispensait alors envers aucune femme,
quelque vieille et décrépite qu'elle fût. Laure
de Novès prit son missel à fermoir d'argent et
suivit recueillie, non pas en Dieu quoique sa
foi fût vive, mais dans une vague émotion ;
elle essayait de tourner ses pensées vers l'acte
religieux qu'elle allait accomplir, mais les
divins accens d'une poésie profane retentis-

saient encore au fond de son cœur au lieu de
l'oraison mentale, et son regard timide s'arrêtait malgré elle sur Giulio.

— Nous n'avons que quelques pas à faire
pour gagner la chapelle, dit madame de Sault,
et s'il vous plaît, monsieur, nous passerons par
la tour des archives. Barbe, ouvre les portes.

Une suivante vint pousser les larges battans de la porte, qui s'ouvrait dans une vaste
salle voûtée et dallée en marbre. Les murs,
revêtus de boiserie jusques au tiers de leur
hauteur, étaient sombres comme ceux d'un
cachot. Des armes de guerre rongées de rouille
et de poussière formaient de grands trophées
au-dessus de la boiserie, et çà et là étaient ap-
pendus des pennons armoriés, des bannières
brodées de versets et d'images de saints.

Au fond de cette salle, il y avait un escalier
qui conduisait dans la chapelle.

Giulio jeta en passant un rapide coup d'œil
autour de lui; il cherchait les archives, mais
il ne vit rien qu'une armoire de fer scellée
dans la muraille.

Le baron et des Gravaux étaient déjà assis au banc seigneurial; la foule des paysans et des domestiques se tenait à genoux au bas de la nef, le prêtre montait à l'autel.

La comtesse et mademoiselle de Novès se prosternèrent sur le même prie-Dieu; Giulio resta derrière elles dans une attitude grave et recueillie. Alors madame de Sault avisa qu'il n'avait point de livre d'heures. Elle en prit un dans son prie-Dieu et le lui présenta.

—Vous êtes ancien et bon catholique? fit-elle en le regardant en face.

— Oui, madame, répondit-il avec une légère rougeur au front. Il n'y a point de différence dans notre manière de dire le symbole de la foi.

C'était une belle fête que celle de Pâques au temps où les croyances religieuses avaient encore toute leur ferveur. Après quarante jours de pénitence, de jeûnes austères; après les lugubres pratiques de la semaine sainte, les stations, les oraisons aux pieds de Jésus crucifié, on secouait la cendre des cilices, les saintes images laissaient tomber leurs voiles, et des chants célébraient le Christ victorieux de l'enfer et de la mort.

Les alleluia retentissaient dans cette sombre chapelle toute pavée de tombeaux, toute jonchée de fleurs et de rameaux bénis. Le baron de Cadenet assis sur son banc de velours, la noble comtesse de Sault, la belle jeune fille dernier rejeton d'une race illustre, les pauvres agenouillés sur la pierre humide, unissaient leur voix dans une même prière et adoraient le Christ avec une même ferveur.

Pour Giulio, il trouvait la messe fort longue; car il ne croyait guère en Dieu et il n'aimait pas le chant d'église.

LIVRE DEUXIÈME.

LA BOHÉMIENNE.

I.

Le baron de Cadenet était un de ces hommes de raide et sévère apparence avec lesquels on ne se familiarise point. Sa parole brève, son regard hautain, tenaient chacun à distance, et des Gravaux lui-même ne hasardait pas toute sorte de questions avec son noble cousin.

L'Italien se trouva assez empêché d'aborder la négociation dont il était chargé. Le baron gardait un silence mécontent chaque fois que l'entretien revenait sur les affaires publiques;

il ne répondait pas davantage aux allusions sur les événemens de sa vie passée. Toute la journée de Pâques s'écoula dans des exercices de dévotion auxquels Giulio n'était guère habitué; il maudissait au fond de son âme cette dévotion scrupuleuse qui ne lui faisait grâce ni de vêpres ni de complies, et il lui semblait qu'un moine pourrait en toute conscience faire son noviciat au château de Cadenet.

Quand vêpres furent dites enfin, Giulio s'empara du chevalier des Gravaux et l'entraîna sur la terrasse.

— Voici une journée qui comptera pour notre salut, dit-il, nous n'avons pas manqué un seul verset des offices.

— C'est que le baron tient à sa renommée de bon catholique; il passe volontiers son temps à la chapelle. Que ferait-il d'ailleurs les jours de bonnes fêtes?

— Quelle vie pour un homme qui a jadis hanté la cour et joué un rôle dans de si grands événemens!

— Il ne s'en est pas retiré assez tôt encore, si l'on considère où ces événemens ont failli le mener.

Vous plaît-il que nous descendions dans le bourg?

L'Italien se laissa conduire tout le long d'un passage voûté qui s'ouvrait sous les murs du château. Ce lieu servait de serre chaude : on y marchait entre deux haies d'arbrisseaux rares, parmi des fleurs hâtives, écloses sans soleil. De faibles parfums flottaient dans cet air humide, et çà et là blanchissaient entre les rameaux obscurs de larges touffes d'anémones et de jacinthes.

Giulio s'arrêta singulièrement frappé de ces raretés élégantes ; elles n'étaient pas en harmonie avec le luxe vieilli de cet antique château.

— *Per dio!* s'écria-t-il, quelle fée a arrangé cette jolie grotte? le baron de Cadenet s'est-il donc fait moitié moine, moitié jardinier?

— Non, par saint Isidore ! il ne se soucie

pas plus d'une rose à cent feuilles que d'une
tige de carotte; c'est le comte de Bormes
qui avait pris plaisir à arranger ce joli séjour....

— Mais le comte a donc habité ce château ?
interrompit l'Italien.

— Il y est resté une quinzaine de jours; il
y serait encore si madame de Sault, qui le hait
du fond de l'âme, ne fût parvenue à l'éloigner.
Au fait, sa présence était de reste ici; on ne
l'y verra que trop quand il aura épousé
mademoiselle de Novès.

— C'est donc un seigneur de pauvre figure
et de méchant caractère ? dit Giulio, qui
écoutait ces détails avec une secrète satisfaction.

— Il est au contraire assez beau de visage,
et si docile, si timide en ses manières, qu'on
le dirait sorti d'un couvent de nonnes du
tiers ordre de saint François. Il est jeune,
riche, de grande maison, dévot et de bonnes
mœurs; mais que fait tout cela à la comtesse? elle pourrait lui pardonner d'être athée,

hérétique, mauvais sujet, tout chargé de dettes et de maîtresses; mais partisan de M. le cardinal, jamais.

—Partisan de monsieur le cardinal! s'écria étourdiment Giulio; je ne savais pas un mot de ceci!....

— Je le crois bien, fit des Gravaux avec bonhomie, qui vous l'aurait dit? le comte de Bormes, voyant que pendant les mois d'hiver mademoiselle de Novès regrettait fort les fleurs, en fit venir une très-grande quantité, et arrangea cette façon de parterre à l'abri de l'intempérie des saisons.

— Elle dut être fort reconnaissante d'une si délicate attention?

— En tous cas elle ne le témoigna guère. La comtesse était là, tournant en dérision ces fines galanteries, et trouvant toujours à redire sur ce que faisait M. de Bormes; or, l'esprit d'une jeune fille se laisse aller volontiers à certaines moqueries. Le comte était d'autant plus embarrassé et timide qu'il plaisait moins, et que madame de Sault l'attaquait des plus aigres.

paroles. A la fin il en était tout-à-fait ridicule,
et il a fort bien fait de s'en aller. C'est un digne gentilhomme, mais un ami de monsieur
le cardinal !

— Dont vous êtes fort le serviteur, interrompit Giulio en souriant, ne me l'avez-vous
pas dit ?

— Sans doute, et je le répète. Il me sié-
rait, à moi chétif, de m'élever contre ce co-
losse ! Venez par ici, monsieur, c'est la grande
rue du bourg.

Une trentaine de maisons s'alignaient des
deux côtés d'une pente raide à l'extrémité de
laquelle on apercevait une porte fortifiée. Sous
les murs du château, d'autres habitations
étaient creusées dans le roc ; elles n'avaient
qu'une porte et une lucarne au-dessus qui
servait de fenêtre ; un noir sillon de fumée
sortant de quelque crevasse marquait la place
du foyer. Devant ces espèces de tanières
rampaient de grêles rameaux à l'extrémité
desquels verdissaient déjà quelques bourgeons ; bientôt une fraîche tapisserie de pam-

pres allait couvrir cette pauvreté que l'hiver laissait toute nue.

Au milieu des maisons enfumées de la grande rue, il y en avait une de meilleure apparence. La porte peinte en rouge était ornée d'une branche de pin à côté de laquelle se balançait une large pancarte où quelque artiste forain avait représenté un bras herculéen supportant un petit enfant Jésus ; sur le revers de ce rare tableau on lisait : *Au grand saint Christophe, bon logis à pied et à cheval.*

L'hôtellerie était pleine de gens que la prochaine foire amenait à Cadenet ; déjà les marchands et les maquignons entamaient leurs affaires, on criait, on se disputait, on jurait le nom de Dieu et de tous les saints. Ce vacarme était dominé par l'aigre musique que faisait au milieu de la rue une troupe de Bohémiens. Une vieille femme et un jeune homme étaient montés sur les tréteaux, devant lesquels se pressaient une cinquantaine de manans. La vieille jouait du flageolet, et les grimaces de sa bouche édentée excitaient de grands éclats de rire, dont elle ne semblait point se soucier; le garçon frappait en mesure sur de petits tympanons attachés à sa ceinture; après un prélude de quelques momens, il éleva la voix et cria d'un ton emphatique, tout en se promenant la tête haute sur son tréteau de six pieds carrés:—Messeigneurs et bonnes gens qui m'écoutez, voici la fameuse Carducha, dont la renommée est au-dessus de celle des docteurs, charlatans, empiriques et médicastres les plus habiles. Elle guérit par le simple attouchement des mains et avec des remèdes merveilleux. Elle guérit la paralysie, l'esquinancie, etc.

Tandis que le Bohémien criait ainsi d'une voix enrouée, la vieille ne cessait pas l'aigre musique de son flageolet. Bientôt un cercle nombreux de paysans, de muletiers, de jeunes filles rieuses, de femmes au teint basané, environna les Bohémiens.

La Carducha s'assit alors sur le devant du tréteau, et, mettant une petite besace sur ses genoux, elle croisa les bras et promena sur la

foule un regard indifférent. Cette femme
avait passé la fleur de l'âge, mais sa beauté
était de celles que ne flétrissent ni les années,
ni une vie aventureuse, ni les intempéries de
toutes saisons : son visage, dont les lignes
étaient encore si délicates et si pures, pouvait
se passer de fraîcheur. Elle portait une robe
de serge à manches retroussées, et un grand
mouchoir rouge retombait en manière de
voile sur ses joues brunes ; de larges anneaux
pendaient à ses oreilles, et elle avait des bagues
d'argent à tous les doigts. Une guitare atta-
chée en bandoulière restait à son côté sans
gêner ses mouvemens ; c'était comme la
harpe que ne quittaient jamais les jongleurs
d'autrefois.

— Holà ! cria des Gravaux en traversant le
groupe des manans, qui s'écartèrent en ôtant
leurs chapeaux devant lui, bienvenue soit la
Carducha ! Avancez par ici, seigneur Giulio,
ce médecin en jupon fait des cures merveil-
leuses ; il a guéri la comtesse de Sault d'une
maladie qui devait être mortelle, vu ses

quatre-vingts ans. Veux-tu me tâter le pouls,
ma belle ?

La Carducha prit machinalement le bras
que lui tendait des Gravaux, et son regard demeura un moment fixé sur l'Italien ; puis elle
détourna la vue et se leva toute pâle.

— Qu'est-ce donc ? fit des Gravaux d'un
air alarmé; suis-je donc malade que tu ne me
dis rien ?

— Tout au contraire, monseigneur, répondit-elle en sautant à bas du tréteau , longue
vie et parfaite santé , je l'ai déjà dit : vous vivrez autant que les patriarches.

En achevant ces mots elle se glissa près de
l'Italien , et touchant son bras elle lui dit en
le regardant en face et d'une voix mal assurée : — Vous plaît-il, monseigneur, que je
vous dise comment vous vous portez , ou bien
votre bonne aventure ?

Giulio fit un pas en arrière et secoua la tête
d'un air dédaigneux. Une mortelle pâleur
monta aux joues de la Bohémienne; elle mit
une main sur son cœur, comme pour en com-

primer les battemens et se retira un peu à l'écart.

— Monte au château, tu y seras la bienvenue, dit le chevalier ; madame la comtesse est toujours malade : si tu avais quelque poudre pour guérir ses quatre-vingts ans, ou bien quelque fiole de la merveilleuse eau de Jouvence, tu m'en ferais part aussi....

— Eh! monseigneur, fit la Carducha, je la garderais pour moi.

—Oh! oh! s'écria le chevalier, tu tiens donc grandement à ta beauté, ma princesse? en tout cas, ceux qui la servent ne sont pas des amans magnifiques....

A ce leste propos, la Carducha jeta un coup d'œil sur ses pauvres habits et rougit de colère. Puis, relevant la tête, elle dit froidement :—Je monterai ce soir au château. L'an dernier, aux fêtes de Pâques, j'avais promis de revenir; madame la comtesse verra que je suis de parole.

— Et d'où viens-tu maintenant?

—De faire mon tour de France, pour la

dixième fois. Il y a long-temps que je marche ainsi, sans me reposer plus que le Juif errant!....

— Et n'ayant pas toujours cinq sous dans ta poche, fit Giulio avec une certaine compassion dédaigneuse.

— C'est vrai, monseigneur ; nous avons de bien mauvais jours, répondit-elle humblement. Dieu comble les uns des biens dont il dépouille les autres. Que sa volonté soit faite !

— Ceci est un propos fort chrétien dans la bouche d'une Bohémienne, observa des Gravaux.

— Je n'ai pas toujours vécu si abandonnée de Dieu et des gens de bien qu'aujourd'hui, dit tristement la Carducha.

— Viens par ici, gaupe ! s'écria la vieille, dont l'oreille fine avait saisi ce propos, viens répondre aux demandes de la respectable assemblée... Voici un bonhomme qui veut te consulter.

— Au diable ! fit la Carducha, que des

Gravaux entretenait à voix basse, tandis qu'elle fixait toujours à la dérobée ses yeux luisans sur l'Italien ; au diable le manant ! qu'il attende !

— Viendras-tu ? cria la vieille irritée, en brandissant son flageolet vers la Carducha, sus ! monte sur les planches, ou, par les dents de ma mère ! je vais t'aller chercher !....

— Elle fait bien de jurer par les dents de sa mère, dit un gros paysan, car pour les siennes....

Un long éclat de rire accueillit ces paroles. La vieille, furieuse, sauta d'un bond à côté de la Carducha et la saisit au corps.

—Tout beau ! s'écria la Bohémienne ; ne me touche pas, ou, par saint Jacques ! tu t'en iras de ton côté et moi du mien, sans que nous nous rencontrions encore une seule fois en ce monde....

— Tu veux me quitter, moi ! interrompit la vieille avec véhémence, moi qui, depuis tant d'années, te fais gagner le pain que tu manges ; moi qui t'ai appris tout ce que tu saïs.; moi, qui t'ai menée à travers tant de pays, depuis le jour où je te trouvai aux bords du Tormès!....

— Recommencez la musique, interrompit brusquement la Carducha, je vais faire mes ordonnances; que Basilico prépare la boîte des onguens.

— Allons-nous-en d'ici, dit l'Italien, en passant son bras sous celui de des Gravaux, qui s'obstinait à consulter la Bohémienne, allons-nous-en. Toute cette plèbe fait mal au cœur à voir de si près : un bon gentilhomme comme vous peut-il se mêler ainsi à la foule des manans ébahis devant cette drôlesse?

Un singulier sourire d'ironie et de fierté passa sur les lèvres de la Carducha; elle leva sur l'Italien ses regards perçans et gagna ses tréteaux, en disant : — A ce soir, messeigneurs!

II.

Le jour de Pâques, la veillée s'était prolongée plus que de coutume; minuit allait sonner lorsque Giulio rentra dans cette chambre où, malgré la fatigue du voyage, il n'avait pu s'endormir la nuit précédente. Cette fois, des Gravaux passa sans s'arrêter, et l'Italien, après avoir soigneusement fermé la porte, se trouva seul en face de ce grand lit où il avait presque horreur de coucher. Il posa son flambeau sur une table et tâcha de vaincre cette impression de malaise et de vague terreur, en reportant son attention hors de ce qui l'envi-

ronnait. Peu à peu ses pensées revinrent cal-
mes et riantes; il se railla lui-même de ses
vaines frayeurs et regarda autour de lui, d'un
œil rassuré. Tout était sombre, immobile;
quelques tisons fumaient dans la haute cheminée, dont les blanches sculptures ressortaient dans l'ombre; les courtines du lit
étaient baissées et balayaient le sol avec un
léger frôlement, lorsqu'un souffle de vent
arrivait par la croisée entr'ouverte.

Giulio rêvait, la tête appuyée sur sa main;
il rêvait sans suite et comme emporté à travers
les souvenirs et les projets qui occupaient sa
pensée. Tantôt un rapide retour le ramenait
sur sa vie entière, tantôt il s'élançait dans les
belles chances de l'avenir. Rome, les fêtes de
la villa Barberin, la modeste maison du
vetturino Pietro, Paris, ville de boue, le Pa-
lais-Cardinal, les grandeurs de Richelieu, et sa
place, à lui, marquée au sommet d'une haute
fortune; puis son esprit redescendait aux
choses présentes : il s'arrêtait complaisam-
ment sur cette beauté si naïve et si fraîche,

sur ce mélancolique regard de jeune fille
qui déjà se baissait à son aspect ; il souriait encore des histoires du chapelain, auxquelles
s'était endormie madame de Sault, et des
chansons que la Bohémienne avait accom-
pagnées de sa guitare. Il essayait de deviner
ce qu'était cette femme ; son costume étranger, sa beauté fatiguée, son œil fier, sa parole
humble, l'avaient frappé. Il ne retrouvait pas
en elle les traits caractéristiques de cette race
vagabonde dont il avait souvent rencontré
les hordes dans les grands chemins de France
et d'Italie ; mais il lui semblait que son visage
avait autrefois passé devant ses yeux et que le
son de cette voix ne lui était pas inconnu.

Tout-à-coup, à côté de l'ombre de Giulio,
qui se projetait sur les rideaux de l'alcôve,
une autre ombre se leva lentement et un pas
léger glissa sur le parquet de chêne. L'Italien
frissonna ; une pâleur subite monta à sa joue,
et, sans bouger, il mit une main à son poi-
gnard.

— Giulio ! murmura une voix derrière lui.

Il se tourna vivement à ce nom, à cet accent étranger, et vit la Carducha appuyée sur le dossier de son fauteuil.

—Que me voulez-vous, ma mie? et que venez-vous faire céans? dit-il, mal remis de sa frayeur et fort étonné que cette femme osât l'appeler si familièrement...

—Depuis tantôt une heure, je me tenais sur le balcon et je vous regardais par cette croisée ouverte, fit-elle avec tristesse; je n'osais entrer, et pourtant je voulais vous parler ce soir, car peut-être je partirai demain.

—Et qu'avez-vous à me dire? demanda Giulio.

—Vous ne me reconnaissez donc pas? dit-elle d'une voix tremblante et les yeux pleins de larmes.

Il secoua froidement la tête.

—Mais je vous ai reconnu, moi, reprit-elle, je vous ai reconnu dès que vous avez paru devant moi.

A ces mots, Giulio se leva plein de trouble

et de colère ; son geste dédaigneux fit baisser les yeux à la Bohémienne ; il dit d'un ton bref :
— Sur ton âme, pas un mot à personne ici de tout ce que tu viens de dire. Pars demain et oublie qui tu as rencontré à Cadenet, sinon...

Mais quel démon t'envoie par ici pour contrarier mon incognito ? où m'as-tu déjà rencontré ? où m'as-tu vu que tu dises si hardiment me reconnaître ?

La Carducha joignit les mains, et fixant sur l'Italien ses yeux animés d'une sombre douleur, elle murmura : — Il y a vingt ans.... à Salamanque.... dans la maison du docteur don Miguel de Alea.... une nuit, la veille de Saint-Jean, au bord du Tormès....

— Paquita ! s'écria l'Italien.

Elle tomba sur le fauteuil en pleurant avec des sanglots, et se cachant le visage dans ses deux mains ; Giulio la considéra un moment d'un œil sec, puis il murmura : — Allons, ce n'est rien... Elle ne connaît que Giulio de Mazara.

— Hélas ! s'écria la Carducha entre ses larmes, qui m'eût dit que je vous rencontrerais ici après tant d'années ! j'avais cru ne jamais vous revoir en ce monde, Giulio.

—Ma pauvre Paquita, répondit-il en la considérant avec des yeux étonnés, je ne pensais pas non plus vous retrouver en France. La charmante nièce du docteur de Alea avec une troupe de Bohémiens ! La dévote Paquita disant la bonne aventure et faisant office de magicienne ! Ce métier vous a donc plu, ma belle, comme on dit qu'il plaît à tous ceux qui ont une fois tâté de la vie libre et vagabonde des grands chemins ?

—Je m'y suis résignée, répondit la Carducha d'une voix sombre, et voici bientôt vingt ans que je maudis chaque jour, chaque heure de cette vie misérable et damnée. C'est pourtant vous, Giulio, qui m'y avez précipitée !

—Moi ! fit-il avec un sourire presque dédaigneux, voilà un étrange reproche ! le chagrin de nos adieux aurait dû vous conduire plutôt dans quelque couvent.

—Dans un couvent ! s'écria la Carducha

en se levant, dans un couvent ! oui, je pouvais y aller le matin de ce funeste jour de Saint-Jean. Mais le soir, qui m'y aurait conduite, comment m'y aurait-on reçue? le soir j'étais une fille perdue, sans appui, sans asile, le soir je ne pus retourner dans la maison de mon oncle; car, lorsqu'après vous avoir suivi pendant une lieue, après avoir reçu vos derniers adieux je revins, le désespoir et la mort dans le cœur, les portes de la ville étaient fermées...

— Comment ! interrompit Giulio, j'avais pourtant calculé que vous retourneriez à temps.

— Vous n'aviez pas calculé que brisée par la douleur de cette séparation sans terme, affaiblie par la fatigue, je tomberais au bord du chemin. Oh ! non, vous n'y aviez pas pensé. Et tandis que vous alliez par cette belle nuit, le cœur déjà consolé, piquant des deux votre cheval et ne tournant pas une fois la tête en arrière, je marchais, moi, sur les bords du Tormès, cherchant quelque lieu où l'eau fût profonde. Dieu eut

pitié de mon âme ; je tombai au milieu d'une
horde de Bohémiens qui passait la nuit en
plein air. Ils vinrent à moi et me secoururent.
Je me laissai persuader de les suivre ; ils par-
taient le lendemain à l'aube. J'avais au fond
du cœur un espoir insensé, je croyais vous
rejoindre sur cette longue route, à Barcelone
où nous allions tous deux. Hélas ! c'est ici,
au bout de vingt ans, que je vous ai trouvé.

— Voilà un étrange récit ! fit Giulio d'un
air qu'il voulait rendre triste et qui n'était
qu'embarrassé, je voudrais pouvoir faire
quelque chose pour vous, ma pauvre Paquita.

— Je n'en ai pas besoin, interrompit-elle
avec fierté, ce n'est pas pour réclamer votre
assistance et votre secours que je suis ici....
C'est pour vous voir, pour entendre le son de
votre voix, pour savoir quelque chose de votre
vie.... les années ne vous ont pas changé, Giulio : je reconnais encore le bel écolier que
remarquaient à l'église les dames de Salamanque.

Giulio sourit vaniteusement à ces paroles ,

et dit avec un demi-soupir : — Il y a pourtant
bien long-temps de cela, et il a passé sur moi
des soucis qui auraient dû blanchir mes cheveux.

— Giulio, dit la Carducha en se rapprochant les mains jointes, dites-moi, quelle a
été votre vie depuis que nous nous sommes
quittés? vous, avec d'ambitieuses espérances,
de si grands projets en tête; moi, avec tant
de regrets et d'amour au cœur.... Votre fortune a-t-elle grandi comme vous l'ambi-
tionniez? Êtes-vous le secrétaire de quelque
éminence ? l'intendant de quelque prince
romain ?....

Giulio secoua la tête avec un imperceptible
sourire.

— Rien de cela, dit-il, j'ai acquis quelque
bien, pas beaucoup pour vivre selon ma qualité; je voyage pour mon plaisir.... Mais, fran-
chement, je ne suis pas à bout d'ambition.

— Pourquoi? Vos souhaits n'allaient pas si
loin autrefois, Giulio, vous vous rappeliez
mieux la condition où vous êtes né; le pauvre

écolier n'eût pas dédaigné une médiocre fortune....

— Je ne la dédaigne pas, mais je veux davantage, interrompit sèchement Giulio ; au
surplus, je n'ai que faire de vous parler de
tout ceci, ma pauvre Paquita, vous ne me
comprenez pas.

— Je vous comprends comme autrefois,
répondit-elle en le regardant fixement.

Il y eut un moment de silence ; la Carducha,
appuyée sur le dossier du fauteuil, semblait
absorbée dans de sombres et ardentes pensées ;
Giulio avait l'air inquiet et froid.

— Paquita, dit-il, en lui mettant la main
sur l'épaule, je compte que vous ne direz à
âme qui vive un seul mot de notre entretien.
Ici, je ne veux être connu ni de vous ni de
personne.... Maintenant rentrez, et puisque
vous partez demain matin, adieu, ma chère
Paquita.

Elle prit la main qu'il lui tendait et la serra
un moment dans les siennes.

— Adieu ! répéta-t-elle, adieu !

Elle s'en alla lentement et gagna le balcon ; alors Giulio la suivit.

— Silence ! fit-elle étonnée en le sentant derrière elle, silence ! ne venez pas plus loin....

— Mais où allez-vous donc passer la nuit ? comment-êtes vous entrée ici ? dit Giulio en la retenant.

Ils étaient alors devant la bibliothèque, dont la porte-fenêtre était ouverte.

—Je couche dans la chambre de madame de Sault, répondit la Carducha ; la pauvre vieille dame s'est trouvée fort affaiblie en se mettant au lit, et elle m'a voulu près d'elle cette nuit.

— Où donc est sa chambre ?

— Par-delà celle-ci, à main gauche.

—Et quelle est cette porte au-dessous de laquelle je vois encore de la lumière?

— C'est celle de la chambre où couche mademoiselle de Novès.

— Adieu, dit Giulio, en laissant aller la Carducha, qui se glissa dans la bibliothèque et referma sans bruit la fenêtre. On ne voyait pas à deux pas devant soi dans cette nuit sombre, couverte d'épais nuages ; l'Italien écouta un moment, penché sur le balcon.

— Rien, personne, dit-il, tout ceci s'est passé sans témoin. Allons, elle part demain, et nul ne saura cette étrange rencontre... Pauvre Paquita ! elle est encore belle pourtant... Il y avait dans sa voix, dans son regard, quelque chose comme autrefois, quand elle m'attendait la nuit dans sa petite chambre tout embaumée de fleurs de jasmin. C'est étonnant comme le cœur des femmes se souvient ! pauvre Paquita !

III.

Le lendemain, des Gravaux descendit de bonne heure dans la chambre de Giulio ; le vieux gentilhomme était vêtu de noir, et il y avait dans son attitude une sorte de gravité recueillie qui frappa l'Italien.

—Bonjour, monsieur, lui dit-il ; merci de votre bonne et matinale visite. Mais, que se passe-t-il donc céans que vous voilà si sombre et habillé comme pour un enterrement ?

—C'est aujourd'hui le trentième du mois, et l'on va célébrer un service dans la chapelle

pour l'âme de monseigneur Henri de Montmorency.

— Mais, il me semble que ce n'est pas l'an-
niversaire de cette mort.

— Il tombe au trentième jour d'octobre ;
mais, chaque mois, le baron fait dire une
messe des morts. Voulez-vous y assister, monsieur ?

— Je ne saurais m'en dispenser, répondit
Giulio d'un ton hypocrite ; j'ai en grande vé-
nération la mémoire du dernier duc de Montmorency : c'est un martyr et un saint dans le
Ciel... Que son sang retombe sur les lâches
qui l'ont trahi et abandonné !...

— Prenez garde ! cette malédiction s'adresse
haut....

— Je le sais, répondit froidement l'Italien :
elle s'adresse à Monsieur, frère du roi.

L'arrivée du baron de Cadenet interrompit
Giulio, qui sentit sur-le-champ le parti qu'il
pouvait tirer de cette circonstance pour aborder un entretien difficile. Le baron était vêtu
de noir de la tête aux pieds, et il y avait une

sorte d'affectation dans l'exactitude de son deuil ; elle était poussée au point de ne pas laisser paraître le moindre blanc dans ce lugubre costume.

— Ah ! monsieur, s'écria Giulio d'un ton pénétré, vous me voyez tout ému de la triste cérémonie que nous allons accomplir. Il existe donc encore quelques amis fidèles à la mémoire de Montmorency ! On prie ici pour celui dont personne n'ose prononcer tout haut le nom....

— Jusqu'à mon dernier jour, répondit le baron d'une voix sombre, je ferai prier solennellement pour l'âme de Henri de Montmorency, assassiné par la jalousie de Richelieu et la lâcheté de Gaston d'Orléans.

Giulio se rapprocha encore, et, posant sa main sur le bras du vieux gentilhomme, il lui dit avec l'accent d'un triste reproche :

— Vous avez été l'ami et le fidèle partisan de Montmorency, monsieur le baron, vous l'avez servi de vos conseils et de votre épée jusqu'au dernier jour de sa vie ; mais com-

ment se peut-il que vous l'ayez laissé se sacrifier imprudemment aux intérêts d'un prince
si peu ferme en ses amitiés, et qui toute sa
vie a si mal tenu sa parole? Vous, sage et
prudent, vous, vieilli dans la guerre et les
affaires d'état, vous vous êtes fié aux promesses de Gaston d'Orléans !

Ces paroles, ces demi-reproches, furent
comme une étincelle jetée sur une traînée de
poudre. Le baron serra fortement la main de
Giulio, et, dominé par les souvenirs qui reve-
naient d'autant plus impétueux à sa mémoire
qu'il les faisait taire depuis plus long-temps,
il s'écria : Les promesses de Gaston d'Orléans !
la parole de Gaston d'Orléans ! mais qui s'y
serait fié? il fallait d'autres garanties, il les
donna....

— Il les donna! interrompit Giulio; mais
alors pourquoi ne s'en est-on pas servi? Ce
manifeste à la main, pourquoi n'a-t-on pas
forcé Gaston d'Orléans à sauver Montmorency?

Un profond étonnement se peignit sur le
visage du baron; il fit signe à des Gravaux

de sortir, et allant droit à Giulio, il lui dit :
Ceci était un secret, monsieur, un secret d'é-
tat.... Qui vous l'a appris?

— Votre fils, monsieur, répondit tranquillement l'Italien.

Il y eut un moment de silence, pendant lequel M. de Cadenet resta les yeux fixés sur
Giulio, qui soutint impassiblement ce regard.
Puis il dit : Votre parole, monsieur, que pas
un mot de ceci ne sortira de votre bouche;
votre parole, il me la faut.

— Je vous la donne, monsieur.

— J'y compte : il y va du repos de mes derniers jours. Savez-vous, monsieur, que si on
me savait le détenteur de cette pièce importante, je ne me croirais plus en sûreté ici ni
nulle part en France? Savez-vous que pour
l'anéantir, pour brûler cette feuille de papier
au bas de laquelle Gaston d'Orléans a signé
son nom, il pourrait faire mettre le feu à mon
château? Mais personne ne sait que je tiens
dans ma main ce brandon de discorde, cette
preuve de haute trahison qui devrait à jamais

bannir du royaume le propre frère du roi.

— Ce serait une juste vengeance de la mort de Montmorency ! s'écria Giulio.

Le baron secoua la tête.

— Non, non, dit-il, elle ne frapperait pas tous ceux qui y ont trempé ; Richelieu en triompherait : elle aurait renversé son plus puissant ennemi. Non, la mort du martyr ne sera point vengée ; non, il n'aura d'autres prières que celles de sa triste veuve, de sa noble sœur, de son vieux serviteur.... Si vous aviez été témoin, monsieur, de cette grandeur, de cette constance en face de la mort, si vous aviez vu cette fière agonie !...

Le baron laissa tomber son front sur ses mains jointes, et parut absorbé dans ce fatal souvenir.

— Peu de gens ont été témoins de son supplice, dit Giulio ; on avait éloigné de sa prison tous les amis et serviteurs du duc.

— J'y étais, moi ! s'écria le baron avec une exaltation pleine de tristesse ; j'ai tout vu !... Quelque jour, si Dieu m'en laisse le temps, je

veux écrire toutes les circonstances de cette
mort. Ce souvenir est toujours devant moi!
poursuivit-il en se levant avec agitation; je
vois toujours le duc tout pâle et languissant des
blessures dont plût à Dieu qu'il fût mort sur le
champ de bataille; je le vois dans cette grande
chambre qui lui servait de prison en l'Hôtel-
de-Ville de Toulouse. Cent vingt Suisses en
gardaient la porte; huit compagnies étaient
postées aux environs : Richelieu tremblait en
son âme que quelque émotion populaire lui
arrachât son prisonnier; mais le peuple laissa
faire la justice du parlement et la clémence du
roi : Montmorency fut décapité!... j'étais devant l'échafaud, j'ai ramassé le mouchoir qui
lui bandait les yeux et le livre de prières qu'il
lisait en allant à la mort. Saintes reliques! je
les eusse léguées à mon fils; je veux qu'on les
enterre à côté de moi.

Allons, allons, monsieur, voici qu'on sonne
à la chapelle.... allons prier pour l'âme de
Henri de Montmorency.

IV.

Le même jour, la Carducha était assise au soleil sur la terrasse ; une sorte de crainte superstitieuse éloignait d'elle les domestiques du château : ils la redoutaient pour le savoir occulte attribué aux gens de sa caste, et aucun ne se fût avisé de venir frayer avec elle. Appuyée sur le parapet, immobile et les mains jointes, elle regardait au loin dans la plaine. Son visage était calme, mais un léger pli apparaissait mobile entre ses sourcils noirs, et une larme voilait le feu de ses prunelles.

Giulio arriva derrière elle sans qu'elle l'eût

entendu ; il avait l'air inquiet et mécontent.

—Paquita ! dit-il rapidement ; je vous croyais partie, que faites-vous donc là ?

Sans détourner la tête, elle étendit un bras vers le chemin. Une petite caravane s'en allait au pas de ses montures pesamment chargées : on voyait en tête un grand garçon coiffé du béret rouge et le manteau jeté sur l'épaule ; il frappait lentement et en cadence sur les tympanons attachés à sa ceinture ; puis venaient les femmes, les enfans, troupe joyeuse et déguenillée, qui marchaient en chantant une chanson monotone. Une vieille femme allait la dernière ; de temps en temps elle se retournait et secouait au-dessus de sa tête quelque chose de blanc comme en signe d'adieu ; puis elle continuait sa route en se cachant le visage et appuyée sur son bâton.

— Ils partent sans moi ! dit la Carducha après un silence ; je reste seule ici... adieu, adieu, mes frères !... Oh ! le cœur se brise quand on se quitte après avoir pendant si long-temps partagé le même pain, souffert ensemble les mêmes fatigues.... les jours d'hiver si longs et si froids, les jours brûlans de l'été, la disette, les belles nuits au bord de l'eau, les voyages à travers les forêts où n'habitent que les bêtes fauves, les longs séjours sur le rivage de la mer, toute une vie de misère et de joyeuse liberté, nous l'avons passée ensemble! et maintenant, adieu !

Elle pleura alors; puis, se tournant vers Giulio, elle lui dit : Croyez-vous que je vous aurais si tranquillement quitté cette nuit si c'eût été pour toujours?

Il se prit à sourire avec un geste contenu de dédain et de mécontentement.

— Mais que prétendez-vous donc faire ici, ma pauvre Paquita? lui dit-il; si c'est pour moi que vous êtes restée, mal vous en prendra, car je pars sous moins de huit jours peut-être.

— Je le sais, répondit-elle tranquillement.

— Mais comment vous a-t-on gardée ici? reprit l'Italien; est-ce en qualité de médecin,

de suivante, de dame d'atours? en vérité, ma
belle Paquita, vous avez mal choisi votre retraite : un nid de chouettes, un pays sauvage,
des gens qui ont peur des Bohémiens....

La Carducha regarda fièrement Giulio; ses
larmes s'étaient séchées dans ses yeux animés
d'une flamme sombre.

— Je suis ici, dit-elle, pour soigner et assister en ses maladies madame la comtesse de
Sault, et quand vous serez parti, Giulio, je ne
quitterai pas ce château où déjà j'avais reçu une
si bonne hospitalité. D'ici à votre départ souf-
frez sans colère que nous y demeurions ensemble... Voulez-vous donc chasser de partout la pauvre Paquita? Faut-il qu'elle vous
rencontre toujours comme le mauvais ange
acharné à sa perte?

Giulio, le temps ne vous a pas changé; je
vous retrouve toujours le même, toujours in-
grat, sans amitié, sans cœur.... Ah! Giulio,
malheureuse celle qui vous aima!... Elle a livré ses volontés, son âme, son amour, à un
homme qui, comme Satan, n'a jamais aimé...

—Paquita, interrompit-il froidement, souvenez-vous que cette nuit vous m'avez promis
quelque chose....

—J'ai promis de ne pas vous reconnaître,
répondit-elle en quittant le parapet ; je ne
l'oublierai plus, même seule avec vous.

Il fallut peu de temps à Giulio pour s'éta-
blir d'une manière intime chez le baron de
Cadenet. Il y avait dans le caractère et l'esprit
de cet homme tant de souplesse et d'habi-
leté, tant de ruse et de persévérance, qu'il
tournait à coup sûr les positions les plus
difficiles. Étranger à cette famille, au milieu
de laquelle il était tombé comme des nues, il s'y
posa bientôt aussi familièrement qu'un proche
parent. Émissaire et confident de Richelieu, il
suivait la négociation qui lui était confiée sans
éveiller la moindre défiance dans l'esprit de
l'un des plus ardens ennemis du cardinal.

Cependant toutes ses manœuvres n'attei-
gnaient pas le but : le baron était trop fana-
tique dans ses haines pour qu'il fût aisé de le
gagner par la considération de son propre

intérêt ; il fallait donc attendre, et arracher par ruse ou violence ce qu'il était impossible d'obtenir par amiable composition. Madame de Sault, d'abord assez froide et réservée avec l'Italien, fut bientôt subjuguée par son ascendant. Elle l'aima pour sa complaisance, pour ses belles manières, pour sa bonne mine, et un projet dont elle se garda de faire la confidence à personne germa dans son esprit. Elle encouragea, elle protégea les galanteries empressées de Giulio ; son instinct de vieille femme avait tout d'un coup deviné le rival d'un homme qu'elle haïssait, du comte de Bormes. Sans savoir précisément comment elle parviendrait à rompre ce mariage qui n'avait jamais eu son consentement, elle voulait donner à mademoiselle de Novès un autre fiancé. Les obstacles, l'incertitude de ce que pouvaient être la fortune et la condition de l'Italien, n'arrêtaient point madame de Sault. Elle avait toujours mis dans toutes ses déterminations plus de passion que de calcul, et il était écrit que jusqu'à son dernier jour elle serait fidèle à ce caractère qui rendit sa vie si aventureuse.

Cependant, malgré sa finesse et son expérience du monde et des passions, elle ne comprenait rien à ce qui se passait entre Giulio et mademoiselle de Novès : l'un toujours empressé, le sourire sur les lèvres, le regard serein, semblait heureux de la plus légère faveur ; l'autre, triste et pensive, se laissait aller comme à regret à ces longs entretiens, à cette espèce d'intimité hospitalière dont on environnait Giulio. Plus souvent qu'autrefois, elle passait de longues heures en prières dans la chapelle. Laure n'était plus la jeune fille calme et tant soit peu indolente, au sourire paisible, au regard fier et serein. Une tristesse contenue et mal dissimulée voilait ses yeux souvent baissés ; toutes ses paroles étaient froides et mesurées, sa contenance avait quelque chose d'accablé, et si parfois un éclair de gaîté, une animation passagère, éclataient sur ce jeune visage, on le voyait bientôt redevenir encore plus morne et plus pâle.

On s'étonnait de ce changement; nul n'en devina la cause secrète, si ce n'est Giulio. Son regard impassible avait sondé jusque dans les plus secrets replis de ce cœur, dont aucun mouvement ne lui échappait. Il jouissait avec une joie intime de ces hésitations, de ces combats, de ces profonds remords; il devinait l'amour, l'amour contenu, réduit au silence, mais tout-puissant et maître de cette âme qui ne se livrait à lui que dans le mystère de ses longues rêveries. Il aimait à ranimer ses émotions usées à la chaleur de ces émotions si vives, si jeunes, si pleines de candeur; il se plaisait à les attiser par ces regards, par ces demi-mots dont il avait si parfaitement le secret. Combien de fois, debout près de Laure dans la bibliothèque, tandis que madame de Sault racontait quelque histoire du temps de la Ligue, il abaissa son regard avec une orgueilleuse joie sur la jeune fille, qui, pâle et souriant tristement, penchait sur ses mains jointes sa tête fatiguée de tant de pensées tumultueuses.....

Combien de fois il se dit, plein d'une secrète satisfaction en la voyant comprimer avec peine les battemens terribles de son cœur : Tu m'aimes, enfant, tu m'aimes ! ne te débats donc point contre mon ascendant. Tu m'aimes, et tu seras à moi, ma belle Laure ! Ne palpite donc pas ainsi sous ma main... blanche colombe, ouvre tes ailes au doux soleil qui luit sur nous... suis-moi dans ce beau paradis d'amour dont l'éternité sera si courte....

Il semblait qu'une secrète intuition portât ces muettes paroles jusqu'au cœur de Laure ; le faible incarnat qui animait ses joues s'effaçait, un sourire tout empreint de souffrance entr'ouvrait ses lèvres veloutées. Son beau regard se levait furtivement vers l'Italien ; elle serrait ses mains jointes sur sa poitrine et criait au fond de son âme : Grâce ! grâce ! Giulio !

La Carducha avait tenu sa promesse : elle n'adressait jamais la parole à l'Italien, pas même dans les courts instans où elle le trouvait seul sur la terrasse ; il était redevenu comme un étranger pour elle, et personne ne soupçonna de plus anciennes relations. Cependant chaque jour ils se rencontraient face à face : la Carducha avait sa place au bas bout de la table où Giulio s'asseyait entre la comtesse de Sault et mademoiselle de Novès ; elle se tenait derrière son banc à la chapelle, et, bien souvent assise dans un coin de la bibliothèque, le regard baissé sur quelque ouvrage que lui avait donné madame de Sault, elle assistait à ces longs entretiens où un langage muet exprimait cent fois mieux l'amour que tout ce que la bouche eût osé dire. Souvent des Gravaux poursuivait la bohémienne de quelques plaisans propos de galanterie ; il tâchait à sa manière d'être aimable avec cette pauvre femme toujours humble et silencieuse. Il se sentait attiré vers elle par une sorte de compassion égoïste ; il comprenait les tristesses et les humiliations de cette âme fière, lui qui, bien que bon gentilhomme, avait été souvent humilié, non dans sa condition, mais dans sa pauvreté. Il éprouvait plus de sympathie

pour la Carducha que pour les autres habitans
du château ; c'était à elle qu'il aimait à parler de lui : madame de Sault était trop sèchement attentive, Laure trop jeune, le baron
trop imposant et Giulio trop distrait pour
écouter les confidences intimes du vieux gentilhomme ; il ne se plaignait de ses tribula-
tions, il ne se vantait de sa philosophie qu'en
face de la pauvre bohémienne.

Un soir qu'elle était seule assise sur le parapet de la terrasse, des Gravaux vint se
mettre à son côté.

— Dans quel astre lisent en ce moment les
beaux yeux de la Carducha ? dit-il en la trouvant immobile et les regards fixés au ciel. Est-
ce mon horoscope que tu cherches là haut ?
Va, mon enfant, ce n'est pas la peine.

— Monseigneur, dit-elle en se levant, je
cherchais, entre toutes, quelle pouvait être la
blanche étoile qui mena les rois mages à
Bethléem.

— L'Écriture ne dit pas ce qu'elle est devenue, répondit naïvement des Gravaux : re-

viens sur la terre et dis-moi tout de suite à
quoi tu songeais si profondément.

La Carducha rejeta en arrière le mouchoir
rouge dont les deux bouts retombaient le
long de ses joues, et, passant une main sur
son front, elle murmura en regardant les
montagnes du Luberon, dont les cimes boisées
se déroulaient comme une noire ceinture au
fond de la plaine :

— Que ne puis-je bâtir un petit ermitage
là bas, dans cette solitude ! que ne puis-je
y vivre seule dans la prière et les bonnes
œuvres jusques au moment où viendra la
mort!...; ma pauvre âme si malade a besoin de
repos.... Mon Dieu ! je vais depuis si long-
temps ! ma course n'est-elle donc pas près de
son terme !

C'était la première fois que des Gravaux entendait une plainte sortir de la bouche de la
Carducha; il en fut touché comme d'une
grande et singulière preuve de confiance.

— Ma mie, lui dit-il, si, comme bien des
gens de ton métier et de ta caste, tu as quel-

que crime sur la conscience, il faut t'en con-
fesser au plus vite et en avoir l'absolution.
Quant à cette vocation de vivre en ermitage,
je puis la seconder, bien que je sois fort pauvre; je te donnerai un coin de terre où tu
pourras demeurer comme sainte Madeleine;
seulement je ne sais pas si tu y trouveras des
racines pour te nourrir; il ne croît rien de
bon à manger sur le fief des Gravaux.

—Merci de votre intention et bonne volonté à mon égard, monseigneur, répondit-
elle avec émotion; mais vous ne seriez pas toujours là pour me protéger, et alors je serais
insultée par vos paysans. Les paysans cour-
raient après moi en m'appelant la bohémienne;
car tous ceux de cette contrée me connais-
sent pour m'avoir vue à la foire de Cadenet.

—Mes paysans! interrompit des Gravaux
d'un ton piteux; hélas! je n'en ai pas un seul.
Vois-tu, ajouta-t-il en tirant de sa poche une
espèce de portefeuille fort usé, là-dessus est
brodé mon écusson : il porte un chardon de
sinople en champ de sable; eh bien! on peut

dire en toute vérité que ce sont là des armes parlantes, car dans toute l'étendue de mes domaines il ne croît que des mauvaises herbes. Hélas ! je n'oserai bientôt plus demeurer dans mon château, tant il menace ruine; depuis tantôt deux années il pleut dans la chambre où je couche, et c'est pourtant la seule qui soit habitable. Qu'y ferai-je, n'ayant ni sou ni maille pour relever ces décombres? Je laisse la pluie et le vent démolir mon bien, et je m'en vais errant de côté et d'autre, et prenant ma vie chez les nobles parens qui veulent accueillir un pauvre cousin, aussi noble qu'eux, mais mal accommodé par la fortune. Ce serait là une condition fort dure et fort misérable si je n'avais depuis long-temps dépouillé tout faux orgueil. Va ! je suis un grand philosophe, ma mie, plus philosophe, quoique je voyage sur mon grison, que ceux qui dans l'ancien temps couraient les chemins appuyés sur un bâton, sans autre équipage qu'une sébile qu'ils jetaient pour boire dans le creux de la main.

Voici longues années que je passe ainsi ma

vie, me tenant à l'abri des calamités qui ont
frappé de plus heureux que moi. J'ai mis toute
ambition sous les pieds; c'est le moyen de ne
se heurter contre aucun ennemi : personne
n'en veut à quiconque ne veut rien de personne. J'ai plié ma fierté comme un bagage
trop lourd dans le chemin incommode que je
parcours en ce monde. Tu es trop glorieuse,
toi, la Carducha.

Elle ne l'écoutait plus, et son regard attentif suivait deux ombres qui se levaient lentement derrière les vitres de la bibliothèque.

— Glorieuse! répéta-t-elle machinalement.

— Eh oui! glorieuse! car enfin que man-
querait-il ici à ton contentement, si tu n'avais
le cœur d'une dame dans le corps d'une bohémienne? Rien.

— Rien! répéta-t-elle encore; puis joignant
les mains, et le regard toujours levé vers la
fenêtre où deux ombres restaient immobiles,
elle murmura sourdement : O mon Dieu! que
je suis malheureuse!...

V.

Quelques jours plus tard, Giulio et le baron de Cadenet étaient seuls dans la salle des archives, devant une profonde armoire dont la porte de fer était ouverte. Des liasses de papiers et de parchemins auxquels pendaient des sceaux de diverses couleurs étaient rangées sur les planches de cyprès dont l'odeur éloigne les insectes rongeurs.

Le baron, tout faible et malade, avait l'air plus sombre encore que de coutume : l'Italien était calme, toujours à demi souriant; mais une secrète impatience animait son regard.

Debout et appuyé contre l'un des battans fermés de l'armoire, il avait les yeux fixés sur
une feuille de papier pliée en quatre et posée
sur l'étroit guéridon où s'accoudait M. de
Cadenet.

Le vieux gentilhomme était comme affaissé
dans son grand fauteuil de cuir; pourtant son
œil terne s'animait aux discours de l'Italien :
ses haines politiques palpitaient vives et sai-
gnantes au nom seul de ses anciens ennemis.

— J'aurais regret de mourir avant M. le
Cardinal! s'écria-t-il en froissant sa moustache
grise.

— Il est plus à bout de ses jours que vous,
monsieur, interrompit l'Italien; Santa Maria!
on lui donnerait cent ans : jaune, ridé, sans
voix, le corps voûté, l'œil éteint, il ressemble
à un sac de parchemin rempli d'ossemens.

— J'aurais quelque satisfaction à le voir ainsi
un pied dans le sépulcre et se cramponnant
pour ne pas y aller tout entier. Ah! c'est qu'on
ne meurt pas volontiers chargé de tant d'ini-
quités, et laissant derrière soi tant de puis-

sance, tant d'honneurs, en héritage à ses ennemis ! comme ils vont s'abattre sur cette curée !

— Gaston d'Orléans y aura la plus belle
part.

Le baron prit la feuille de papier pliée en
quatre sous son coude et l'ouvrit lentement :

— Ceci, dit-il, pourrait mettre cette belle
part au néant.

L'Italien avança la main comme pour prendre le papier ; M. de Cadenet le retira lentement, et, faisant signe d'écouter, il lut en
appuyant sur chaque phrase : « Nous, Gaston,
fils de France, duc d'Orléans, faisons savoir
qu'après nous être adressé au roi, notre frère,
et au parlement de Paris, pour demander
justice contre Armand, cardinal de Richelieu,
perturbateur du repos public, ennemi de la
maison royale, usurpateur des meilleures
places du royaume, tyran de la noblesse et
du peuple, nous sommes contraints, après
une si longue patience qu'elle attirait le blâme
sur notre réputation, de prendre les armes
pour remédier aux malheurs de l'État.

« Nous appelons tous nos bons et fidèles serviteurs à cette entreprise, déclarant que notre intention est de prendre le gouvernement du royaume et d'en chasser celui qui, contre nos droits, s'est emparé de toute autorité; déclarons que nous tiendrons pour nos ennemis tous ceux qui s'opposeront directement ou indirectement à nos intentions, et que, comme tels, nous les jugerons de bonne prise s'ils tombent en nos mains, et aussi que nous poursuivrons en justice le châtiment des complices adhérens, suppôts et ministres de la tyrannie dudit Richelieu, sans permettre qu'il soit fait aucun déplaisir aux bons et fidèles sujets qui se lèveront avec nous pour le salut de l'État.

« Fait en notre camp de Béziers, le 1er juillet 1632.   GASTON. »

L'Italien, la tête penchée en avant, les yeux fixés sur le papier, avait écouté dans une profonde attention. Le baron plia promptement le manifeste, et le remettant sur le guéridon, il dit en le couvrant de son poing fermé :

— Croyez-vous qu'il était imprudent de se fier à la parole de Gaston d'Orléans, quand on avait ceci pour gage ?

— Mais alors, fit vivement Giulio, pourquoi ne vous en êtes-vous pas servi ? Pourquoi n'avez-vous pas proclamé cette preuve de haute trahison ?

Le baron regarda fixement Giulio ; ses sombres prunelles se dilatèrent, et il caressa la garde de la courte épée qui ne quittait jamais sa ceinture.

— Cette preuve, dit-il, n'était pas entre mes mains ; un traître s'en était emparé ; je la lui repris avec la pointe de cette lame, au moment où il allait la vendre à Richelieu.

L'Italien frissonna et se releva vivement ; mais son visage resta parfaitement calme. Il jeta un coup d'œil dans l'armoire, et dit :

— Je ne vois pas ici ce mouchoir, ce livre d'heures, ces précieuses reliques dont vous m'aviez parlé, monsieur le baron.

— Elles ne sont pas dans ce château, dit-il ; elles sont déjà déposées dans le lieu où je veux être enterré, dans la chapelle du château de Vaucluse. Les biens de ma maison sont tous substitués, hors cet arrière-fief, dont n'héritera pas le comte de Bormes. C'est là que reposeront mes os, c'est là que je me suis fait creuser une tombe, qui ne sera jamais fouillée ni remuée par ordre du nouveau seigneur de Cadenet.

En achevant ces mots, le baron se leva et remit le papier qu'il venait de lire dans l'armoire des archives, dont il referma les deux serrures avec une double clef qu'il portait toujours sur lui.

Giulio le regardait en dessous avec des yeux flamboyans. Ah! pensa-t-il, c'est là qu'est la pierre angulaire de ma fortune; il me la faut!... Si on ne me la donne pas, je saurai la prendre!....

Un bruit inaccoutumé coupa court aux réflexions de l'Italien; on ouvrait bruyamment les portes, et les pas des chevaux retentissaient sur le pavé de la grande cour.

L'Italien alla vers la fenêtre.

— Oh! s'écria-t-il avec une surprise inquiète ; voici des voyageurs , un cavalier accompagné de deux valets.

M. des Gravaux descend à sa rencontre.

Le baron s'avança vivement, et reculant aussitôt, il s'appuya sur le bras de l'Italien ; il dit avec un froid sourire et un léger tremblement :

— Le comte de Bormes! C'est bien !... Je ne l'attendais pas si tôt.

Il y eut un moment de silence, pendant lequel Giulio chercha sur la physionomie impassible du baron le sentiment qu'elle dissimulait ; puis il dit avec une feinte bonhomie :

— Souvent, dans les familles , il y a dissidence d'opinion sur les affaires du pays et du gouvernement, mais on ne vit pas moins pour cela en bonne et étroite amitié : le comte de Bormes est fort partisan de monseigneur le cardinal , à ce qu'on m'a raconté.

— Il est vrai! interrompit le vieux gentilhomme d'un ton bref; je le sais, quoiqu'il n'ait jamais osé me le dire en face.

Monsieur de Mazara, ajouta-t-il en prenant
le bras de l'Italien et en marchant avec action
le long de la salle, le jour de ma mort le comte
de Bormes sera le maître ici; il ordonnera,
visitera, fouillera partout à sa guise. Quelle
découverte pour lui, s'il mettait la main sur
cette pièce importante, s'il était encore à
temps d'aller la présenter au cardinal ministre!.... Dans la crainte d'un pareil événement,
j'ai eu plus d'une fois l'idée de brûler le manifeste....

— Que ne le déposez-vous plutôt en mains
sûres? interrompit vivement Giulio; de cette
manière il en serait toujours fait selon votre
volonté.

— Vous êtes homme de bon conseil, répondit le baron avec un demi-sourire. J'y
avais pensé; mais je suis vieux, plein d'expérience, et partant, je me fie à bien peu de
gens. En ceci, je crois avoir agi avec toute prudence; cette preuve formidable ne verra jamais le jour : elle sera ensevelie avec moi.

Maintenant, allons, allons là-bas recevoir

M. de Bormes, le futur seigneur de Cadenet.

Il ne faut pas, ajouta-t-il avec un sourire amer, que personne puisse croire que je vois avec peine mon héritier de droit.

Le baron se tut en secouant tristement la tête ; puis il murmura d'une voix sourde :
— Mon pauvre Hébert !

Ses genoux fléchissaient ; on sentait que la volonté seule soutenait cette organisation usée, que chaque secousse menaçait de briser.

— Monsieur le baron, s'écria Giulio, vous n'êtes pas bien !

— Ce n'est rien absolument, dit-il en se redressant, ce n'est rien ! Allons trouver M. de Bormes, allons le mener vers sa fiancée ; car il faut aussi lui donner mademoiselle de Novès, la plus belle fille de Provence.

— Mais elle n'est pas un bien substitué, observa Giulio.

— Elle n'a rien que sa beauté, sa sagesse et sa noblesse, monsieur, et elle avait été élevée pour devenir baronne de Cadenet. Vous voyez bien qu'il faut qu'elle épouse M. de Bormes.

LIVRE TROISIÈME.

—◦◦◦—

UNE NUIT D'ORAGE.

I.

Le comte de Bormes était déjà dans la salle.
Des Gravaux s'empressait de lui en faire les
honneurs ; son bon sens et sa tolérance politique le rendaient moins hostile à ce gentilhomme que les autres membres de la famille.
Il se hâta de lui apprendre le séjour au château d'un étranger et la mauvaise santé du
baron de Cadenet, qui pourtant semblait un
peu moins souffrant depuis qu'il avait près de
lui bonne et divertissante compagnie.

— C'est avec l'espoir de le retrouver tout-
à-fait bien portant, que je suis venu visiter

monsieur le baron, dit le comte de Bormes, d'un ton triste et timide.

Le chevalier s'assit vis-à-vis de lui et dit en clignant les yeux : — Je pensais, vous voyant arriver ainsi sans crier gare, que quelque rapport exagéré vous avait donné l'alerte.

M. de Bormes secoua la tête et répondit comme s'il eût déjà craint que sa présence fût importune :

— Je ne suis ici qu'en passant.

— Tant pis ! s'écria des Gravaux, qui au fond n'était pas fâché de cette nouvelle compagnie ; mais n'a-t-on pas averti le baron que vous étiez arrivé?

— Ce n'est pas la peine ! qu'on ne le dérange pas ! interrompit vivement le comte en rougissant comme une jeune fille qui craint de voir entrer un tuteur ou un fiancé.

M. de Bormes était un homme de vingt-cinq à trente ans. Sa figure n'avait rien de fort remarquable, et tous ses avantages consistaient dans le charme d'une physionomie qu'il fallait ong-temps étudier ; le comte gagnait fort à cette attentive observation ; sa bouche souriait finement et avec une intention qui démentait parfois le regard doux et timide de ses yeux bleus. Il avait la contenance gauche et la taille parfaitement belle et élégante, le son de voix plein et vibrant ; mais on ne l'entendait guère. Il avait l'esprit pénétrant, le caractère prompt, l'âme ardente et courageuse : pourtant on le tenait pour un homme de petit entendement et de faible résolution.

Le baron reçut son parent avec une morne politesse et un empressement à travers lequel perçaient toutes les douloureuses impressions que réveillait sa présence. L'Italien l'aborda avec cette indifférence tant soit peu moqueuse qu'il professait généralement pour tous ceux dont il n'avait rien à attendre.

— Jouirons-nous pendant quelques jours de la compagnie de Monsieur ? dit-il après avoir salué le comte de Bormes.

— Je craindrais d'être importun en restant plus d'une semaine, répondit-il à demi-voix.

— C'est peu pour le plaisir que vous faites aux gens qui habitent ce château.

— Monsieur, vous êtes bien honnête, et je suis fort votre serviteur.

Tandis qu'ils se complimentaient ainsi, mademoiselle de Nevès et la comtesse de Sault entrèrent; ni l'une ni l'autre n'avaient été prévenues de l'arrivée du comte, et toutes deux restèrent un moment au seuil de la porte en l'apercevant.

Laure s'appuya tremblante sur madame de Sault, qui lui serra les deux mains en disant :

— Prenez garde, mon enfant ! il vous regarde !...

— Ah ! madame, murmura la jeune fille, retournons dans votre appartement.

La vieille dame secoua la tête et s'avança fièrement, ne répondant que par un léger salut aux révérences du comte. Laure jeta un regard rapide sur Giulio et s'assit sans mot dire; elle était d'une pâleur que chacun remarqua, même des Gravaux.

— Ma belle cousine, dit-il tout bas, comme

vous voilà morne et défaite ! ! ! Est-ce avec ce
visage que l'on reçoit un fiancé ?

Elle fit un effort pour sourire ; mais, vaincue
par un sentiment emporté, par la surprise,
l'embarras, peut-être le remords, tout-à-coup
elle fondit en larmes.

Madame de Sault la prit dans ses bras et l'y
retint cachée ; le baron gardait un morne silence, monsieur de Bormes s'était levé tout interdit ; des Gravaux s'écriait : — Allons,
allons, quel enfantillage !

Folle ! pensa Giulio, elle va se trahir !...

Cette étrange situation ne dura qu'un moment : l'Italien et des Gravaux se retirèrent
discrètement ; madame de Sault se leva pour
emmener Laure, laissant au baron de Cadenet le soin d'expliquer à monsieur de Bormes
une réception si blessante. Elle triomphait en
son âme de cette explosion de franchise qui
avait manifesté clairement l'aversion de mademoiselle de Novès pour le fiancé auquel on
allait la donner.

Mais le baron vit ceci d'un autre œil. Sa

loyauté s'indignait que l'on manifestât de pareils regrets après une parole donnée ; il prit sur lui de réparer l'affront qu'on faisait au comte, et dit d'un ton sévère : — Mademoiselle de Novès ! que signifient ces larmes ? que signifient ces enfantillages, ces minauderies, indignes d'une fille de votre rang ? Est-ce la présence de monsieur de Bormes qui vous a troublée ainsi ?... Mais il aurait droit de s'en plaindre comme d'une injure, et moi, votre oncle et tuteur, je ne dois pas la souffrir. Souvenez-vous que dans quelques mois vous devez épouser monsieur de Bormes, et dès à présent excusez-vous de l'accueil inconcevable que vous venez de lui faire...

— Assez, monsieur, assez ! interrompit le comte de Bormes, tout tremblant devant Laure, qui, pâle, les yeux baissés, semblait défaillir ; Mademoiselle ne me doit point d'excuses, c'est moi qui lui en devrais peut-être pour m'être ainsi présenté inopinément devant elle. A Dieu ne plaise que je veuille la tourmenter du moindre souci !

Laure, un peu remise de son trouble, s'inclina froidement. — Pardon, monsieur, dit-elle, mais en ceci il n'y a rien qui vous regarde : je suis souffrante, malade, voilà tout; et je vous demande la permission de me retirer avec madame de Sault.

— Mademoiselle, je ne tolère pas volontiers les caprices, dit le baron derrière Laure, restez, je le veux.

Elle se rassit. Madame de Sault regarda le comte d'un air qui voulait dire : Qu'attendez-vous pour vous en aller? On ne vous reçoit, on ne vous épouse que par force. Un galant homme serait déjà parti.

Le baron s'était assis à côté de Laure; son regard sinistre la considérait tristement, il semblait lui dire : Va, pauvre enfant, achève ton sacrifice, il le faut! cet homme doit recueillir tout l'héritage de notre maison. Tout lui appartient de droit, tout, et toi-même, notre plus riche joyau...

Le comte, debout et interdit sous les regards de madame de Sault, froissait son chapeau de feutre, baissait la vue et avait véritablement l'air fort niais et embarrassé. Tout-à-coup il sembla prendre son parti, et sans lever les yeux il dit d'une voix basse mais décidée : Mademoiselle, j'ai lieu de craindre que ma présence ici vous soit en ce moment peu agréable. Je compte repartir très – promptement ; mais, avant, je réclamerai la faveur d'un entretien particulier... si monsieur le baron et madame la comtesse le permettent, ajouta-t-il en les saluant.

Tous deux se levèrent étonnés.

— Je vais vous reconduire dans votre appartement, madame, dit le baron en offrant la main à madame de Sault ; monsieur, vous pouvez entretenir ici sans témoins mademoiselle de Novès.

—Vous le voulez, monsieur ! elle l'épousera ! disait en sortant madame de Sault, elle épousera un homme dont le père fut notre ennemi, un homme qui est le partisan déclaré du cardinal et le serviteur de tous ses ordres ! il ne manquait plus que cette calamité sur notre maison !

—Madame, s'écria le baron, il fallait que Laure fût baronne de Cadenet, j'ai donné ma parole.

—Mais si on vous la rendait! fit la comtesse en croisant les bras.

Mademoiselle de Novès était restée dans la grande salle en face du comte, qui se tenait debout, le chapeau à la main, le regard baissé. En ce moment on eût douté lequel des deux était plus embarrassé et malheureux de leur situation respective. Il y eut un long silence; puis Laure dit avec un triste sourire : Monsieur, je suis ici pour vous écouter.

—Mademoiselle, répondit-il avec une sorte de fermeté que n'avait pas fait pressentir sa contenance, je n'ai rien à vous dire que vous ne sachiez déjà; mais, peut-être est-il bon de vous le rappeler. Il y a deux mois nous avons été fiancés par l'église et par un contrat. Vous avez obéi aux ordres de monsieur le baron, je veux le croire, mais vous avez obéi sans haine et sans répugnance. Depuis, de malicieux conseils se sont mis entre vous et moi, et ils ont porté leurs fruits, je le vois bien. Ce n'est pas vous que j'accuse de ce changement; mais madame de Sault, que de mal elle m'a fait dans votre esprit ! Comment donc ai-je mérité cette haine et cet acharnement, et que s'est-il passé ici, que vous me recevez avec une contenance si morne et les larmes aux yeux?

— Vous êtes injuste dans vos reproches, monsieur le comte, répondit-elle d'une voix mal assurée; madame de Sault ne vous a pas nui dans mon esprit.

— Elle l'a tenté du moins, interrompit monsieur de Bormes avec un sourd ressentiment.

— Les volontés de monsieur le baron ne sont pas changées, continua Laure sans oser démentir ce propos, j'obéirai.

— Sans haine et sans répugnance?

— Sans haine, répondit-elle faiblement et en baissant les yeux sous le regard que monsieur de Bormes arrêtait sur elle.

— C'est assez : vous le voyez, je ne suis pas exigeant. C'est que j'ai confiance en votre caractère, en votre vertu. Un autre à ma place s'effraierait de trouver un cœur si indifférent, une volonté si résignée, et contrainte peut-être par des intérêts de famille ; soit présomption, soit imprudence, moi je me confie à l'avenir pour être mieux dans votre affection. Je rendrai votre vie si belle et si heureuse, je l'environnerai de tant d'éclat, de tant de soins, qu'il faudra bien m'aimer un peu enfin, ne fût-ce que par reconnaissance. En quittant ce château où vous avez passé toutes les années de votre vie, ne désirerez-vous pas, mademoiselle, faire un voyage à la cour ?

Elle secoua tristement la tête.

— Alors nous resterons en Provence, reprit le comte : je vous promènerai tout l'été dans mes châteaux ; l'hiver, vous habiterez l'hôtel que je fais bâtir à Aix. Rien ici n'a pu vous donner l'idée du luxe, de la magnificence dont vous serez environnée. Au lieu de ces vastes et sombres appartemens où rien n'a été changé, Dieu me pardonne ! depuis le règne du roi René, vous trouverez des cham-

bres, des salons où les artistes de France et
d'Italie ont laissé des chefs-d'œuvre; des meubles sans pareils les décorent : tout y est riche,
frais, reluisant, digne de vous. Que je serai
heureux de vous voir sourire à ces mer-
veilles!

—Je ne suis point glorieuse, monsieur, je
ne me plais que dans les habitudes où j'ai été
élevée; je vous remercie de cette bonne volonté envers moi : hélas! j'en profiterai mal.

—Pourquoi? interrompit vivement le comte,
une jeune et belle femme est toujours sensible à ces vanités-là... C'est quelque chose de
porter un beau nom, d'être la première entre
toutes les dames de la noblesse. Quand on n'a
point de passion dans le cœur, ceci suffit pour
remplir la vie de satisfaction. Vos carrosses
seront plus beaux que ceux de madame la
gouvernante de Provence, votre livrée sera
aussi nombreuse que la sienne; vous aurez de
magnifiques vêtemens, des bijoux à profusion.
Je suis le plus riche gentilhomme de la province, et toute ma fortune servira à contenter

vos désirs. Je vous comblerai d'amusemens, de plaisirs ; je vous donnerai toutes les joies de la vanité, de l'orgueil. Oh ! vous serez une femme heureuse, mademoiselle...

Elle secoua imperceptiblement la tête, et dit avec un sourire de triste résignation :

— Le sort que vous voulez me faire est trop beau, monsieur ; je ne désire que la retraite et une vie tranquille. Les habitudes dans lesquelles j'ai été élevée sont les seules qui me conviennent, et c'est la crainte de les rompre, de quitter monsieur le baron, madame de Sault, tous ceux que j'aime, qui cause ma tristesse.

—Alors vous vous trouvez heureuse ici, mademoiselle ?

— Si heureuse que tous mes désirs se bornaient à n'en jamais sortir.

— Pourtant, il y a deux mois, vous ne redoutiez pas ainsi un changement de position ; je vous ai vue sourire de loin au monde dans lequel vous allez entrer, et le séjour de ce château ne vous semblait pas le plus agréable et le plus beau de la terre. Une douce gaîté, une parfaite sérénité d'âme, se reflétaient sur votre front. Aujourd'hui vous êtes morne, soucieuse; pourtant, vous êtes toujours ici, près de ceux que vous aimez, votre bonheur n'est pas fini encore, et maintenant que je suis averti, je ne me presserai pas d'y mettre un terme.

Le comte prononça ces derniers mots avec une tristesse pleine de fierté, et comme mademoiselle de Novès s'inclinait froidement sans lui répondre, il ajouta :

— Cette assurance doit vous plaire, mademoiselle , vous devez être contente de moi.

— Je suis sincèrement reconnaissante de tous vos procédés, monsieur.

—Et maintenant vous voilà heureuse, tranquille comme il y a deux mois?

—Oui, monsieur, fort heureuse.

— Et cependant vous retenez des pleurs; dans ce moment même j'en vois sous vos paupières baissées.

Elle passa son mouchoir sur ses yeux et appuya son front sur les vitres de la croisée en
disant : — Ceci n'est rien, monsieur, n'y faites
pas attention.

En ce moment, Giulio passa devant la fenêtre ; son regard se leva obliquement sur mademoiselle de Novès, puis il alla rejoindre
madame de Sault qui était assise à l'autre
bout de l'esplanade.

Une rougeur fugitive avait monté au front
de Laure ; elle détourna la tête et le regard.
Le comte de Bormes la considéra un moment
en silence, puis ses yeux cherchèrent l'Italien ; il était accoudé sur le parapet et soutenait un petit parasol sur la tête de madame de
Sault. Tous deux avaient l'air de la meilleure
intelligence du monde ; de temps en temps la
vieille dame appuyait sa main sur le bras de
Giulio. Le comte considéra un moment ce
groupe, puis ses yeux revinrent vers mademoiselle de Novès. Un soupçon passa dans son
esprit, et il dit : — Cet étranger me paraît fort
dans les bonnes grâces de tout le monde ici ;

le voyez-vous là-bas, mademoiselle, faisant sa
cour à madame de Sault.

Laure tourna la tête et sembla chercher des
yeux, comme si elle n'eût pas encore aperçu
l'Italien. Alors les soupçons de M. de Bormes
se changèrent en certitude; une explosion de
jalousie et de colère bouillonna en lui; mais il
sut se contenir, et, présentant la main à sa
fiancée, il lui dit tranquillement : Vous plaît-
il, mademoiselle, que je vous ramène près de
madame de Sault ?

— Je vous remercie, monsieur, répondit-
elle en lui faisant une profonde révérence : je
vais passer une heure dans la chapelle.

— Priez Dieu pour nous, fit-il en appuyant
sur ce dernier mot.

Elle inclina tristement la tête et sortit de la
salle.

II.

Durant une semaine, le comte de Bormes et Giulio de Mazara se trouvèrent face à face sans qu'une seule parole trahît le mauvais vouloir qu'ils avaient l'un pour l'autre : l'un, toujours timide et presque embarrassé, se tenait à l'écart et se faisait petit, pour ainsi dire, devant la hautaine contenance de madame de Sault, qui l'attaquait en toute occasion d'allusions malveillantes; l'autre, toujours nonchalant, railleur, aisé dans ses manières, tenait le haut bout dans ce cercle de famille où sa présence avait amené tant de troubles. Pour quiconque l'eût attentivement observé, il au-

rait été évident qu'il se faisait un jeu, une
maligne occupation de tourmenter la jalousie
du comte de Bormes : peut-être aussi le goût
très-vif que lui avait inspiré mademoiselle de
Novès fut-il encore aiguisé par la présence
d'un rival. L'esprit de cet homme était si
tourné à l'intrigue, à la ruse, qu'il se fût
créé volontiers des difficultés, une position
scabreuse, pour le seul plaisir de s'en tirer à
force d'adresse; puis, de temps en temps, les
passions meilleures qui dormaient en lui se
réveillaient : il avait des momens d'enthou-
siasme, de véritable amour, pour cette belle
jeune fille dont la morne contenance trahis-
sait les secrètes angoisses; il était vrai alors
comme un bon acteur, qui s'identifie avec un
rôle passionné, et trouve des larmes réelles
pour une situation calculée.

Un matin, le comte de Bormes aborda Giulio sur l'esplanade.

— Monsieur, dit-il avec cette contenance
timide que raillait si volontiers madame de
Sault, j'ai deux mots à vous dire.

— Plaît-il? fit l'Italien avec une certaine gravité moqueuse; je vous écoute, monsieur.

—Nous devons être seuls pour cet entretien: voudriez-vous, monsieur, descendre avec moi dans l'orangerie?

— Pourquoi? ne sommes-nous pas aussi bien ici pour cet à-parte?

— Non, monsieur, je tiens à ce que nous soyons là-bas.

— Soit! dit l'Italien un peu étonné. Monsieur n'aime pas à parler en plein air : le vent n'emporterait pourtant ses paroles aux oreilles de personne.

— Non; mais il y a du monde aux fenêtres du château, et les gestes pourraient trahir le sujet de notre entretien.

Ils descendirent dans la galerie voûtée où le comte avait fait son jardin d'hiver. On avait transporté déjà les orangers sur l'esplanade ; mais les arbrisseaux rares et délicats étaient encore rangés le long des murailles. Quelques plantes grimpantes enlaçaient leurs rameaux aux tiges épineuses, et sur leur sombre feuil-

lage se détachaient çà et là de grandes clo-
chettes bleues et purpurines. La porte exté-
rieure était fermée, et une demi-obscurité
régnait dans ce lieu tout plein de parfums et
de silence. M. de Bormes jeta autour de lui
un coup d'œil attristé; puis il s'arrêta morne
et les bras croisés.

— Monsieur, dit l'Italien avec son air froid
et railleur, nous voici seuls, vous plaît-il de
parler?

Le comte fit volte-face; son œil était fier,
animé, sa voix brève.

— Monsieur, dit-il, vous êtes dans ce château depuis tantôt trois semaines?

— Oui, monsieur.

— Votre projet est-il de repartir bientôt?

— C'est selon.

— Il faut pourtant vous y décider : je
compte partir demain, moi.

— J'en suis sincèrement fâché, monsieur;
j'avais espéré pour plus long-temps l'honneur
de votre compagnie.

M. de Bormes salua et reprit : — Je compte

partir demain et je ne veux pas vous laisser derrière moi.

—Ah! et daignerez-vous me dire, monsieur, d'où vous vient cette soudaine résolution?

— D'un motif de précaution, de prudence; je suis le fiancé de mademoiselle de Novès; dans quelques mois elle sera ma femme : je me fie en ses promesses, en sa vertu; j'ai la parole de M. le baron de Cadenet; mais il y a ici une vieille dame dont je me méfie : elle a tenté de me nuire dans l'esprit de mademoiselle de Novès, elle me hait, elle est pleine de bon vouloir pour vous : voilà pourquoi, lorsque je pars, je ne veux pas vous laisser derrière moi.

— Il y a beaucoup de franchise et de modestie dans une telle explication, dit l'Italien de l'air le plus railleur; elle honore fort votre candeur. J'avoue cependant que je ne m'y attendais pas. Vous avez le cœur sur la main, monsieur.

— Je ne suis ni diplomate, ni courtisan.

—Et vous avez pensé que je souscrirais sur-le-champ aux exigences de votre susceptibilité ?

— Au contraire, monsieur ; j'ai jugé que vous me refuseriez cette satisfaction.

— Eh bien ! alors, pourquoi me l'avez-vous demandée ?

— Parce que cela me convenait pour en venir au point de vous en proposer une autre. Vous êtes gentilhomme, monsieur ?

— Oui, monsieur.

— Alors vous pouvez prévoir comment ceci va se passer. Vous partirez demain matin, monsieur ; vous partirez avant moi : sinon nous nous battrons ici dans ce même lieu, sans témoins, et l'un de nous deux restera dans ce château pour y être enterré. Je ne pense pas que vous ayez la condescendance d'accepter la première de ces deux propositions : je vous la fais pour l'acquit de ma conscience ; quant à la seconde, je tiens son accomplissement pour inévitable. Votre arme est sans doute l'épée, monsieur ?

L'Italien était devenu sérieux ; il garda un moment le silence, puis il dit en souriant :

Ceci est une plaisanterie, monsieur, une assez mauvaise plaisanterie.

— J'ai parlé fort sérieusement, monsieur, répondit le comte en élevant la voix ; demain, ici, nous nous battrons à l'épée jusqu'à ce que mort s'ensuive.

— Non, car votre défi est celui d'un fou.

— Et votre refus celui d'un lâche.

Il y eut encore un silence ; puis monsieur de Bormes reprit :

— Vous êtes mon rival, monsieur, vous aimez mademoiselle de Novès, et la proposition que je vous fais doit vous mettre à l'aise.

— Pas le moins du monde, monsieur, et je ne l'accepte pas. Mais encore une fois ceci n'est qu'une plaisanterie.

— Nullement, vous dis-je ; et pour peu que vous ne veuillez pas me croire, je saurai vous prouver que je veux me battre.

— Mais, monsieur, dit l'Italien en haussant les épaules, cela n'est pas possible. Les édits défendent le duel sous peine de mort. Le baron de Drouet, Bouchavannes et bien d'au-

tres ont été traînés sur la claie et pendus par les
pieds, pour avoir failli aux ordres du roi notre
seigneur, en se battant en combat singulier.

— Cette considération ne saurait m'empêcher de vous donner toute satisfaction après
vous avoir insulté. D'ailleurs nous sommes
sur la frontière de Provence, à quelques lieues
seulement d'Avignon ; si vous me tuez, monsieur, vous vous sauverez en terre papale. Votre
arme est l'épée ? — L'Italien se prit à rire
d'assez mauvaise grâce : on sentait la crainte
sous le ton léger qu'il affectait ; pourtant il
dit encore avec sang-froid, et en soutenant le
regard maintenant fixe et hautain de monsieur de Bormes : C'est vraiment fort plaisant
tout ceci ! Moi votre rival, eh ! bon Dieu ! jamais un seul cheveu de ma tête n'y a songé.
Je désire fort l'honneur de votre amitié ; dé-
cidément nous ne nous battrons pas, monsieur, et je resterai ici pour faire avec vous
plus ample connaissance.

Ces derniers mots furent dits sans doute
avec une intention sérieuse ; mais la physio-

nomie froide et railleuse de l'Italien leur donna une autre expression. Monsieur de Bormes se redressa de toute sa hauteur; il mesura Giulio d'un regard plein de froide colère, et levant la main il fit le geste de le frapper au visage : le geste seulement. L'Italien pâlit légèrement, mais sa physionomie resta impassible; il recula d'un pas.

— Eh bien ! monsieur, vous battrez-vous maintenant? dit le comte avec une fureur concentrée.

— Non, monsieur, répondit-il sans s'émouvoir; mais je partirai.

— Ah ! vous partirez ! fit le comte avec étonnement.

— Oui, monsieur.

— Demain matin?

— Demain matin au point du jour.

— C'est bien ! dit le comte après un moment de silence et avec un ton de souverain mépris, car il venait de comprendre que cet homme, aimé peut-être de mademoiselle de Novès, était un lâche.

L'Italien avait bien senti que son rôle n'était pas beau, mais il s'en souciait fort peu ; il professait un détachement complet pour les susceptibilités du point d'honneur, et pourvu qu'une injure ne fût pas trop publique, qu'elle ne nuisît pas à son ambition, il savait la souffrir. En ce moment il ne fut point préoccupé d'un sentiment de colère, de vengeance ou de regret pour celle qu'il allait quitter ; il ne songea qu'à profiter des dernières heures qui lui restaient.

— Nous pouvons maintenant regagner l'esplanade, dit-il tranquillement ; cette singulière explication est finie, monsieur.

— Tout-à-fait finie, je n'ai plus rien à vous dire. Je crois pouvoir vous demander votre parole que tout ceci restera entre nous.

— Je vous la donne.

Je vais ce soir même faire mes adieux. Mais, monsieur, vous devrez au moins m'aider à motiver ce brusque départ.

— J'y suis fort disposé. Que puis-je faire ?

— Envoyer sur-le-champ un de vos valets

au bac de la Durance ; le messager des postes y déposera vers le soir les lettres et dépêches ; il faut qu'on m'en rapporte une qui m'oblige à partir sur-le-champ.

— Je ne m'en fierai qu'à moi, dit le comte avec ironie, et je vais monter à cheval pour l'aller chercher.

L'Italien remercia du geste avec la même aisance que s'il se fût agi d'un service tout simple et amical. Monsieur de Bormes le salua sans ôter son chapeau, et sortit par la porte qui donnait sur le bourg. Giulio gagna celle qui s'ouvrait sur l'esplanade ; au moment où il allait sortir, une main l'arrêta. Il tressaillit et se rejeta vivement en arrière.

— C'est toi ! fit-il en reconnaissant la Carducha. Tu étais là !....

— Oui, j'ai tout entendu, dit-elle avec une amertume profonde; vous êtes bien toujours le même, insensible à tout, même à l'insulte. Mais il fallait le poignarder, cet homme qui a osé lever la main sur vous !....

— Et après?

— Après vous seriez parti, vous seriez parti vengé.

— La vengeance! Je n'y tiens pas; c'est une satisfaction aveugle et fort dangereuse. La mort d'un ennemi ne me cause nulle joie.

— Pas plus que la mort d'un ami ne vous cause de peine.

— C'est possible.

— Hélas! et vous partez! Vous partez, s'é-cria-t-elle en pleurant et en essayant de lui prendre la main. Il la repoussa avec impatience, et comme préoccupé de quelque idée soudaine. Elle recula, et s'adossa contre la porte.

— Écoute, dit-il tout-à-coup en allant vers elle; tu peux m'aider; j'ai besoin de toi. Sommes-nous seuls ici? personne ne peut-il nous entendre?

— Personne.... j'y étais quand vous êtes entré avec le comte, et je n'ai eu que le temps de me jeter derrière ces grandes caisses.

Ils s'assirent tous deux au pied d'un cassier, dont les petites houppes verdâtres commen-

çaient à s'épanouir. L'Italien se pencha vers la
Carducha, et lui dit de la voix la plus affec-
tueuse :

— Je sais qu'il n'y a personne au monde
sur qui je puisse compter comme sur toi ; je
sais que tu m'es dévouée, Paquita. Cette longue absence n'a point attiédi ton affection ;
je te retrouve ce que tu fus jadis pour le pauvre écolier de Salamanque. A Salamanque, si
je t'avais demandé ta vie, tu me l'aurais donnée, Paquita.

— A Salamanque, je vous ai donné plus
que ma vie, dit-elle avec une sombre tristesse ;
j'ai perdu pour vous mon honneur, mon avenir.... Ah ! la mort n'est rien auprès des souffrances de tant d'années !... La mort ! c'est
un coup prompt, un moment, un éclair....
Je ne la crains pas. Est-ce ma vie que vous
voulez à présent ?

— Eh ! non, ma pauvre Paquita ; je ne
veux rien qu'une chose hardie, difficile, il
est vrai, mais non pas impossible. Es-tu prête
à faire tout ce que je te demanderai ?

Elle le regarda, et réfléchit un moment, n'osant répondre.

— Allons, Paquita, fit-il en lui prenant les mains ; jure-moi de faire ce que je te demanderai ?

Elle frémit, ferma les yeux, et dit :

— Je le jure !... Puis, baissant la tête, elle ajouta avec amertume : Vous allez me parler de mademoiselle de Novès !

Giulio se prit à rire : Eh ! non, fit-il, je n'en ai pas le temps. Crois-tu que c'est uniquement pour ses beaux yeux que je me suis enseveli ici durant trois semaines ? J'avais un autre but, un autre intérêt, dont dépend peut-être la plus haute fortune. Ce but, je l'atteindrai si tu veux me servir. Paquita, il me faut cette nuit la clef que le baron porte toujours dans la poche droite de son justaucorps.

— Eh ! comment voulez-vous que je vous la donne, moi ?

— En la lui prenant. Souvent, je le sais, tu entres dans sa chambre ; tu veilles près

de son lit, soit pour lire à haute voix, soit
pour réciter quelques-unes de ces histoires
que tu sais par cœur. Tu peux alors t'emparer
de cette clef....

— Mais c'est un vol, une action infâme!
Cette clef, c'est celle des archives....

— Je ne prétends pas en faire usage pour
ravir au baron ses titres et parchemins.

— Alors, pourquoi?....

— C'est ce que je ne puis te dire.

— Mais ce que vous me demandez est un
vol, un véritable vol, qui restera sur ma
conscience.

— Je le prends sur la mienne, puisque c'est
moi qui te le commande. D'ailleurs, tu n'auras rien à craindre des suites de ceci. Demain
matin tu auras remis cette clef à sa place. Il
ne s'agit de soustraire ni or, ni argent, ni bijoux; ceci n'est pas un vol. Tu hésites encore,
Paquita; n'avais-tu pas juré?

Elle fit un signe affirmatif; puis, après un
silence, elle dit : — Avant minuit, j'irai dans
votre chambre vous porter cette clef.

— Bien, fit-il satisfait. Tu es une bonne
créature ; je ne t'oublierai jamais, Paquita.
Je t'ai aimée !

Elle baissa la tête sur ses mains jointes ;
aux accens de cette voix, sous ces regards
presque caressans, tout le passé revivait ; la
pauvre Carducha, la Bohémienne méprisée,
redevenait l'heureuse jeune fille d'autrefois.
Elle ferma les yeux pour retrouver toute l'il-
lusion de ses souvenirs, et dans cette atmo-
sphère parfumée, ses mains dans celles de
Giulio, elle se crut un moment aux bords
rians du Tormès, dans ces frais jardins où le
jasmin mêle sa fleur étoilée aux frêles rameaux
du cassier.

Elle était belle encore dans cette muette
extase ; ses beaux cheveux noirs s'échappaient
de dessous le mouchoir rouge roulé autour
de sa tête ; ses longs cils projetaient de délicates ombres sur ses joues d'un brun velouté,
et sa taille reposait mollement pliée sur le bras
de Giulio. Il la garda un moment ainsi ; puis,
la relevant doucement, il la baisa au front.

— Giulio, dit-elle, Giulio! que d'amertume
et de bonheur à la fois!

— Holà! qui parle par-ici? cria-t-on derrière eux avec une espèce d'éclat de rire qui
les fit tressaillir. La Carducha se leva vivement
et aperçut derrière la porte entre-baillée la
chétive personne et l'immense nez de des
Gravaux. Il ouvrit tout-à-fait, et s'écria en
venant vers la Bohémienne :

— N'aie pas peur, ma charmante, c'est moi,
c'est le chevalier des Gravaux, un grand philosophe qui ne s'étonne de rien. Çà, mon
docteur en jupon, tu donnes donc des con-
sultations et de galans rendez-vous? Il est
heureux, sur mon âme! cet objet de tes bonnes grâces! Il faut absolument qu'il t'épouse;
M. le baron fera la noce, et j'y danserai une
sarabande.

L'Italien s'était caché dans un des coins les
plus obscurs de la galerie. Des Gravaux
aperçut de loin son feutre noir; mais il ne le
reconnut pas.

— Viens, çà, maraud ! lui cria-t-il, que je te voie !

— Au nom du Ciel ! monsieur, dit la Carducha toute tremblante, ne parlez pas ainsi.

— Pourquoi ce rustre est-il si effarouché ? s'il n'approche pas, je vais lui donner vingt coups de canne.

— Monsieur ! s'écria la Carducha en se mettant au-devant de des Gravaux, arrêtez ! la personne qui est là n'est pas ce que vous pensez...

Le chevalier s'arrêta court.

— Mais, fit-il, qui est-ce donc ?

— Une personne de votre condition, répliqua résolument la Carducha, et ce n'est pas pour faire l'amour qu'elle est venue me trouver ici : c'est pour savoir sa bonne aventure. A Dieu ne plaise qu'un seigneur de sa qualité s'abaisse jusqu'à une pauvre fille comme moi ! Je lui demande humblement pardon du soupçon que vous avez manifesté.

— C'est l'Italien ou le comte de Bormes, pensa des Gravaux : où me suis-je fourré ?

un philosophe comme moi ne devrait jamais
se mettre là où on ne le demande pas. Ceci est
dans le cas de me brouiller avec quelqu'un.

Il tourna sur son talon et regagna la porte,
en criant à la Carducha :

— J'avais fait un jugement téméraire ; pardon, ma toute belle, achève tranquillement
ton œuvre : je vais là-haut garder que personne ne te dérange.

— Il ne vous a pas reconnu, dit la Carducha en poussant Giulio vers l'autre porte.
Ah! vous avez eu peur.....

— J'ai eu peur des longues oreilles de ce
vieux fou. S'il avait entendu !..

— Il saurait que je suis une malheureuse,
que vous m'avez commandé une action indigne, un vol, et que je consens à vous obéir.
N'est-ce pas la vérité?

La Carducha dit ces mots avec une amertume résolue; puis, craignant d'avoir irrité
Giulio, elle ajouta humblement : Mais le chevalier n'a rien entendu ; je suis prête à faire
tout ce que vous me demanderez.

—La clef avant minuit, c'est tout ce que je veux, dit l'Italien en s'échappant.

La Carducha retrouva des Gravaux sur l'esplanade.

—Ma belle, dit-il en l'abordant et lui tendant sa main osseuse, dis-moi donc aussi ma bonne aventure.

Ceci fut fait avec tant de bonhomie que la Carducha ne put s'empêcher de rire. Eh! monsieur, s'écria-t-elle, un grand philosophe comme vous ne doit pas ajouter foi à ma petite magie.

— Si fait : car tu es une femme étrange, et volontiers je t'attribue le don de seconde vue. Or çà, quel sort as-tu prédit aux amours de ce gentilhomme, que j'ai pris, Dieu me pardonne et toi aussi, pour un adorateur de tes beaux yeux?

—Un mauvais sort.

—Alors c'est le comte de Bormes ! s'écria des Gravaux en hochant la tête.

— Le comte de Bormes ! eh! pourquoi?

—Parce que madame de Sault a juré dans

son âme qu'il n'épouserait pas la belle Laure ;
ici même, cette après-midi, elle a fait certaines ouvertures au signor Giulio de Mazara. Garde ceci pour toi ; je te le dis à l'o-
reille.

— Ah ! ah ! et M. de Mazara ?

— Il me paraît fort empressé et fort disposé
à supplanter ce pauvre comte. Tiens, j'en
serais fâché, la Carducha : M. de Bormes a de
si belles maisons, de si beaux châteaux ; j'aurais passé les trois quarts de l'année à me promener sur ses terres. Cet Italien, au contraire,
n'a pas l'air d'un puissant seigneur ; mademoiselle de Novès est noble comme le roi,
mais elle n'héritera que du château de Vaucluse : les murailles en sont bonnes et il ne
pleut pas dans les salles et corridors ; mais, à
l'entour, rien que des roches pelées : c'est
comme dans mon fief des Gravaux, il n'y
vient pas un grain de blé.

— C'est étrange tout ceci ! fit la Carducha
redevenue tout-à-coup sombre et pensive.

III.

Le soir de ce même jour, après souper, Giulio était assis dans sa chambre ; des Gravaux se tenait debout devant lui, un flambeau à la main et en attitude de l'aider dans l'arrangement d'une petite valise ouverte sur la table.

— Ce prompt départ chagrine fort M. le baron et généralement tous les habitans du château, dit le chevalier : vous êtes ici comme de la famille, monsieur. Voilà qu'il ne reste plus personne pour la partie de tric-trac ; qu'allons-nous devenir ? Vous allez à Paris ?

— Je l'espère.

— Comment! vous n'en êtes pas sûr?

— Non, répondit Giulio avec une bonne foi qui lui vint par distraction.

— C'est à Paris cependant que madame de Sault compte vous adresser ses lettres. Elle m'a paru fort contrariée de recevoir vos adieux.

— J'ai été au désespoir de les lui faire.

— Et mademoiselle de Novès est devenue toute blême et tremblante quand vous lui avez baisé les mains.

— Il me semble qu'elle était fort gaie et fort tranquille ce soir à souper.

— N'importe : ce n'est pas elle ici qui vous regrettera le moins. C'est une belle et charmante personne que ma cousine ; elle n'a pas une grande bonne volonté pour M. de Bormes, cela se voit de reste ; et il y a ici des gens qui ont dans l'esprit de rompre ce mariage. On ne m'a pas dit grand'chose ; mais j'ai deviné beaucoup de projets. Si l'on m'avait demandé conseil, peut-être, pardon, monsieur! peut-être n'aurais-je pas été du même avis que madame de Sault.

— Ceci me paraît obscur, et je ne le comprends guères.

— Eh bien ! fit des Gravaux avec volubilité, je vais vous parler clairement. Je ne suis pas diplomate : dans ma jeunesse on m'avait surnommé Saint-Jean-bouche-d'or, tant je disais nettement les choses. Vous partez à temps pour vous et pour tout le monde ; sauf la partie de tric-trac et l'honneur de votre compagnie, je ne regretterai rien en vous voyant passer le pont-levis, car vous mettiez en péril ici votre propre fortune et celle de toute la famille. Madame de Sault avait imaginé de vous faire épouser sa nièce ; c'est une femme qui accomplit toujours ses volontés. Elle aurait éloigné M. de Bormes, gagné la volonté du baron ; elle vous aurait fait seigneur de Vaucluse par votre mariage. Êtes-vous riche, monsieur ?

—Hélas ! non ; pas encore.

— Alors le seigneur de Vaucluse et le sei-

gneur des Gravaux auraient pu se donner la
main, monsieur; car ma cousine est la plus
noble et la plus pauvre demoiselle de Provence. Il n'y a qu'une vieille tête branlante et
radoteuse comme celle de madame de Sault,
qui ait pu arranger un tel projet de mariage.

— Vous êtes un homme positif en toutes
choses, monsieur.

— Je suis un philosophe, répondit des Gravaux avec emphase; c'est pourquoi je n'ai jamais voulu me marier. Parfois, cependant,
j'ai conseillé le mariage aux autres...

— C'est un moyen de faire sa fortune; bien
des gens s'en servent.

— Oui, cela se voit; mais si vous n'avez
pas trop peur d'engager votre liberté par des
vœux irrévocables, prenez un meilleur parti,
faites-vous prêtre. Un prêtre arrive à tout.
Voyez l'exemple de monseigneur le cardinal.

Giulio rougit légèrement. — Merci de vos
bons avis, monsieur, dit-il en riant; j'en profiterai. Et maintenant, ajouta-t-il en se le-

vant, recevez mes adieux les plus affectueux
et reconnaissans.

— Un mot encore, dit des Gravaux en le
retenant par un bouton de son justaucorps,
vous avez promis à madame de Sault de revenir ici?

— Je n'ai pas cru pouvoir m'en dispenser.

— De lui écrire?

— C'est une preuve de souvenir que je dois
à ses bontés.

— Eh bien! n'en faites rien; c'est le meilleur conseil que je puisse vous donner. Il faut
que tout ceci s'oublie; le moyen, si vous êtes
toujours là en figure ou en écriture? Quant
à moi, j'aurais une parfaite satisfaction à
recevoir de vos nouvelles, et je n'y vois aucun
inconvénient.

— Monsieur, dit l'Italien en poussant des
Gravaux vers la porte, vous exagérez les bonnes intentions de madame de Sault à mon
égard; quant aux miennes, elles ont devancé
vos prudens conseils. Je n'ai jamais élevé mes
vœux jusqu'à la main de mademoiselle de

Novès; je ne peux pas, je ne peux pas me marier.

Des Gravaux regarda l'Italien avec surprise, puis il s'écria :

— Que vouliez-vous donc alors? que signifiaient ces regards, ces soupirs, ces airs langoureux, toute cette artillerie avec laquelle les amoureux battent en brèche le cœur des femmes? Mais, y pensez-vous, monsieur? Tenter de séduire une fille de la condition de mademoiselle de Novès! toute la famille se serait levée pour vous en demander raison. Les cousins, et même les arrière-cousins, se seraient trouvés compromis dans cette affaire d'honneur, et moi-même il aurait peut-être fallu me couper la gorge avec vous. C'était vous exposer à vingt duels, et en cette occasion les ordonnances du roi n'auraient servi de rien : on serait allé se battre en terre papale, à deux pas d'ici....

— Là! là! interrompit Giulio avec une impatience dissimulée, et peut-être quelque frayeur; je n'ai eu que les procédés d'une

galanterie en honneur dans le beau monde ;
j'ai pour mademoiselle de Novès encore plus
de respect que d'amour. Tenez-le pour entendu, monsieur le chevalier, et proclamez-le
hautement, si besoin est.

— De tout mon cœur ! répondit des Gravaux en lui tendant la main ; sur ce, bonsoir.
Demain, au point du jour, je descendrai pour
vous tenir l'étrier et vous souhaiter un bon
voyage.

L'Italien entendit les pas de des Gravaux se
perdre dans l'escalier tournant ; puis il ferma
soigneusement la porte et alla vers la fenêtre.
Onze heures et demie venaient de sonner ;
toutes les lumières étaient éteintes, excepté
dans la chambre du baron, où de grandes
ombres se mouvaient derrière les rideaux
baissés. Partout régnait déjà un silence profond ; la nuit était sombre, orageuse ; le vent
soufflait par rafales et soulevait une poussière
humide ; une barre de nuages se déployait à
l'horizon, et de moment en moment il en
jaillissait de livides éclairs.

— Viendra-t-elle? murmura Giulio en regardant les croisées de la tour, qui faisaient face à la tour des archives. Le baron ne s'endort pas ce soir ! — Puis il retourna s'asseoir près de sa table, et attendit.

IV.

Il était minuit passé, lorsque Giulio entendit sur le balcon les pas furtifs de la Carducha. Elle entra toute pâle et tremblante, les yeux baissés, la peur au front. L'Italien crut qu'elle avait manqué à sa promesse.

— La clef! dit-il en allant à elle avec une sorte d'emportement.

— La voici, répondit-elle d'une voix altérée. Au nom du Ciel! dites-moi, Giulio, qu'allez-vous faire?

— Que t'importe?

— Que m'importe ! dit-elle avec véhémence
et en lui barrant le passage ; que m'importe !
Mais ne suis-je pas ta complice en ce moment ?
Je te connais, Giulio, et je crains tout... Tu
n'as ni foi, ni loi, ni conscience ; tu es capable de tout pour contenter ton avarice insatiable, ton ambition sans frein.... Je me sou-
viens de Salamanque, et j'ai peur pour
nous.... Il y a sous cette clef les titres, la fortune de toute une famille : qu'en veux-tu
faire ?...

— Viens avec moi, fit l'Italien avec une
impatience concentrée, tu verras ce que je
veux. Me prends-tu donc pour un de ces fous
imbéciles capables d'un vol qui les mène à la
potence ?

— Toutes les actions infâmes ne mènent
pas à la potence, murmura la Carducha.

Giulio cacha sa lampe derrière les rideaux
de l'alcôve, puis il entraîna la Bohémienne
sur le balcon. Tous deux marchèrent à pas de
loup vers la bibliothèque. Il y régnait une
obscurité complète ; seulement une ligne de

clarté luisait sous la porte mal jointe de la chambre où dormait mademoiselle de Novès. Une autre porte parallèle donnait dans la chambre de madame de Sault; une lampe y veillait sous la cheminée et projetait sa lumière sur un mince matelas jeté sur le parquet : c'est là que couchait la Carducha.

— Ouvre la salle des archives, lui dit Giulio, et va chercher la lampe.

Elle obéit. La porte tourna doucement sur ses gonds; Giulio entra le premier ; la Carducha le suivit, sa lampe à la main. La sueur luisait à son front; elle avait horreur de l'action dont elle était complice. Giulio avait tout le sang-froid d'un homme habitué dès longtemps à ne plus compter avec sa conscience. Il alla droit à l'armoire de fer et fit signe à la Carducha de poser sa lampe sur la table. Il y avait quelque chose d'effrayant dans l'obscurité de cette longue galerie toute peuplée d'armures droites contre la muraille, comme des guerriers immobiles. Le vent qui passait à travers les vitraux brisés secouait la poussière des grandes bannières appendues à la voûte ; les trophées d'armes se balançaient avec un sourd cliquetis le long de la boiserie qui craquait sous leur poids.

L'Italien mit hardiment la clef dans la serrure ; en ce moment, un coup de vent terrible s'engouffra dans la galerie, les armures s'entre-choquèrent, la lampe ne jeta plus qu'une clarté vacillante, et un cri aigu, bizarre, surhumain, retentit au dehors. L'Italien pâlit, la Carducha se signa, et ils restèrent un moment immobiles dans une muette épouvante.

Une minute après le même cri se fit encore entendre plus sec et plus vibrant.

Giulio se prit à rire ; ses lèvres tremblaient pourtant.

— Ce n'est rien, dit-il, c'est la girouette qui tourne au sommet de cette tour. Avance un peu la lampe ; nous avons commencé, il faut finir maintenant.

Et, d'une main ferme, il ouvrit l'armoire. La feuille de papier qu'il avait vue entre les mains du baron de Cadenet était à la même

place où elle fut déposée devant lui quelques
jours auparavant; il s'en empara, la serra vivement; puis, l'élevant aux yeux de la Carducha, il s'écria avec une indicible joie :
Enfin!..

— Qu'est-ce que ceci? dit-elle inquiète.

— Rien, un chiffon de papier qui pourrait
mettre le royaume à feu et à sang, et au bas
une signature fort mal écrite; pourtant le
frère du roi donnerait la plus belle seigneurie
de son apanage pour pouvoir la biffer.

En disant ces mots, il déploya le manifeste,
et, le rapprochant de la lampe, il y jeta un rapide coup d'œil. Une amère surprise succéda
aussitôt à sa joie; il froissa le papier et s'écria
avec une effroyable malédiction : C'est une
copie! une misérable et plate copie, sans signature, sans sceau, sans nul cachet d'authen-
ticité; le baron a sans doute détruit l'original, et s'il existe, où le trouver?

Il rejeta le papier dans l'armoire, la referma
brusquement et rendit à la Carducha cette
clef qu'elle lui avait livrée avec tant de re-

mords en lui disant : — Tiens, je n'en avais que faire.

— J'ai fait ce que j'ai pu pour vous contenter, répondit-elle soumise; que voulez-vous encore de moi maintenant?

— Rien, ma pauvre Paquita. Viens, sortons d'ici.

Ils regagnèrent la bibliothèque. Les portes battirent en se refermant derrière eux, le vent sifflait aux serrures et faisait frôler les papiers épars sur le pupitre.

— Cette tempête va réveiller tout le monde, murmura Giulio à l'oreille de la Carducha; vite, vite, séparons-nous...

— Adieu! dit-elle maîtrisée par une douleur profonde, adieu, Giulio!... c'est pour toujours maintenant.... Mais où vas-tu? dis-le-moi du moins... à Paris?

— Eh! non, fit-il avec impatience; le but de ce voyage est manqué, je vais retourner à Rome....

Un léger bruit se fit entendre dans la chambre de mademoiselle de Novès et coupa la parole à Giulio ; il s'élança sur le balcon par un premier mouvement de frayeur, puis, revenant sur ses pas, il éteignit son flambeau et poussa la Carducha dans la chambre de madame de Sault. Elle avait à peine disparu, que l'autre porte s'ouvrit, et mademoiselle de Novès s'avança une lampe à la main. Ses longs cheveux flottaient détachés, elle n'avait pas quitté sa robe ; sa gorgerette plissée retombait autour de ses épaules et à son cou luisait une chaînette de Venise : c'était sa toilette de jour ; évidemment elle ne s'était pas couchée.

Un faible cri lui échappa en trouvant Giulio devant elle, un nuage de pâleur s'étendit sur ses traits charmans et elle dit avec un étonnement profond : —Monsieur de Mazara! comment êtes-vous là?

—Je pars demain, répondit-il d'une voix basse et soumise. Dans l'attente d'un si triste jour, je ne pouvais avoir qu'une nuit d'insomnie ; en me promenant sur le balcon, j'ai trouvé cette fenêtre ouverte.... pardonnez, je suis entré ici pour veiller plus près de vous...

Il se rapprocha , elle le repoussa d'un geste effrayé.

— Monsieur, dit-elle, retirez-vous ! je serais perdue d'honneur si quelqu'un savait que vous êtes venu ici !

— Je vais vous obéir ; mais avant n'avez-vous pas un mot, un seul mot d'adieu à me dire ? Je pars, je vous quitte demain.

— Soyez heureux ! répondit-elle en s'armant de fermeté ; souvenez-vous quelquefois, au milieu du monde où vous allez vivre, des amis que vous laissez ici,... que vous quittez pour toujours sans doute...

Une infernale pensée vint à Giulio, une tentation le saisit. Il calcula rapidement les moyens de la satisfaire, et il lui sembla que jamais plus belle et propice occasion ne se serait offerte. Que lui importait de tromper lâchement cette candide et pure jeune fille, que lui importait de souiller cette vie pleine d'avenir pour assouvir un caprice de ses sens, une fantaisie de son imagination ! il se laissa aller sans le moindre scrupule à l'instinct bru-

tal et rusé de son égoïsme; son esprit ne vit
qu'un jeu, une lutte difficile qui valait la
peine qu'on y employât quelques heures; il
sentit assez de temps devant lui pour arriver
au dénouement, et entrant aussitôt dans son
rôle, il dit avec une douleur presque véritable :

— Si j'emportais d'ici quelque espoir je
reviendrais, je reviendrais bientôt... sinon
pourquoi vous reverrais-je jamais...? Dans
quelques mois vous serez comtesse de Bormes.

Non, je n'ai pas pu supporter plus long-
temps la présence de votre fiancé; c'est pour
lui que je pars. Son bonheur me fait mal! Si
j'étais resté peut-être...

Il n'acheva pas et fit un geste de menace,
puis il reprit plus doucement : Pourquoi suis-
je venu trop tard? pourquoi vous ai-je vue?
Ah! je pars bien malheureux : car je vous
aime !

C'était la première fois qu'ils se trouvaient
seuls et qu'il lui parlait ainsi. Elle frissonna,
un bonheur amer pénétra son âme, et il lui

sembla que le souvenir de ce qu'elle venait
d'entendre lui donnerait du courage pour supporter cette éternelle séparation ; elle se crut
aimée, et toutes ses peines s'effacèrent devant
cette joie immense.

— Adieu, dit-elle avec des larmes dans les
yeux et un sourire ineffable de tendresse et
de résignation, adieu pour toujours en ce
monde!... peut-être au-delà de cette vie, dans
une meilleure région, dans le sein de Dieu,
nous retrouverons-nous!.. Adieu, Giulio.

—Quelques momens nous restent encore :
vous voulez les perdre ! vous m'ordonnez de
m'éloigner, j'avais tant besoin d'être soutenu,
encouragé par vos paroles... Laure, encore
quelques instans de votre présence, et je vous
quitterai moins malheureux...

Il avait élevé la voix. — Oh! Ciel! murmura
Laure effrayée, madame de Sault!... si elle s'é-
veillait! si l'on nous entendait!...

—Ici personne ne nous entendra, dit-il en
l'entraînant sur le balcon après avoir éteint
la lampe. Elle résistait, il la souleva dans ses

bras en essayant de la calmer par de tendres paroles.

— Giulio ! au nom du Ciel ! laissez-moi ! s'écria-t-elle, penchée sur la balustrade.

Il eut peur à son tour : un cri, une parole, pouvaient les trahir.

— Laure, dit-il en cessant de la retenir, Laure, vous êtes donc décidée à épouser M. de Bormes ?

— Ah ! combien je préférerais m'enfermer pour la vie dans un couvent !

— Mais, si vous le vouliez, ce mariage ne se ferait pas.... Madame de Sault me l'a fait pressentir aujourd'hui même.... Laure, mon sort est en vos mains : si vous m'aimiez !.... alors je reviendrais....

— Hélas ! qui sait ? je ne le connais pas encore, ce monde où vous allez vivre ; mais je me le figure rempli de tout ce qui peut occuper la tête et le cœur d'un homme comme vous, Giulio ! Là, vous m'oublierez... N'attestez pas le contraire par un serment. Savez-vous si ce que vous voulez aujourd'hui, vous

le voudrez encore demain?... Hélas! combien
il vous sera facile de perdre loin d'ici le souvenir de ce que vous y aurez laissé.

— Jamais! s'écria-t-il, jamais! Laure, je
dois donc partir sans espoir de vous revoir!...
cet adieu est donc le dernier!

— Le dernier! répéta-t-elle en laissant ses
mains dans celles de Giulio; et pourtant, je
vous aime!

Il la serra dans ses bras sans qu'elle s'en
défendît.

— Oui, reprit-elle avec une morne exaltation, je vous aime! Depuis que vous êtes ici,
ma vie est pleine de quelque chose qui m'était
inconnu : je me trouve heureuse, et pourtant,
chaque jour, je pleure avec des angoisses, des
remords qui me tuent. Chaque jour, je demande à Dieu de retirer de moi cet amour, je
m'en repens et j'ai la ferme volonté de l'expier dans d'austères pénitences; mais jamais
je n'aurais eu l'horrible courage de fuir votre
présence.... Dieu est bon! il vous éloigne, il
me sauve de moi-même; nous nous parlons

en ce moment pour la dernière fois, Giulio : encore quelques heures , et tout sera fini.....

— Eh bien ! alors pourquoi ne pas jouir de ces derniers momens? Pourquoi ne pas attendre près de moi cette lueur fatale qui là-bas bientôt nous annoncera le jour.... Encore quelques heures de bonheur, Laure !

— Encore quelques heures d'existence ! murmura-t-elle en laissant tomber sa tête sur ses mains jointes.

Ils étaient restés appuyés contre la balus-trade : l'Italien retenait la main de Laure sous d'ardens baisers. L'orage grondait au loin; de longs éclairs illuminaient de moment en moment la façade du château, et de larges gouttes de pluie commençaient à tomber : déjà elles trempaient les longs cheveux de mademoiselle de Novès.

—Venez, dit Giulio en l'entraînant vers sa chambre, venez : que craignez-vous?

Elle se laissa conduire sans résistance et sans peur, tant, dans la fierté de son innocence, elle avait foi en celui qu'elle aimait et en elle-même.

Giulio la fit asseoir sur le grand fauteuil de cuir au pied de son lit; puis il alla fermer la croisée. La lampe ne jetait qu'une mourante clarté dans les ténèbres de ce vaste appartement : tout y était sombre, paisible, muet; l'orage grondait au-dehors avec furie.

L'Italien contempla un moment mademoiselle de Novès avec un indicible sourire de triomphe et de joie; elle restait là, immobile et comme affaissée sur elle-même; son regard ne quittait pas Giulio.

— Viens, s'écria-t-il en la prenant dans ses bras, viens.... A moi, à l'heureux Giulio Laure, la belle Laure!...

Il pressa sous sa bouche cette bouche charmante sur laquelle nul souffle amoureux n'avait encore passé. Mademoiselle de Novès jeta un cri et tenta de lui échapper; mais il la retint dans une étreinte emportée

— Laissez-moi! laissez-moi! cria-t-elle, au nom de Dieu et de sa sainte mère! respectez une pauvre fille qui s'est fiée à vous!... Giulio, je ne suis plus à moi : je suis la fiancée du comte de Bormes.

Un moment elle lui échappa, et tombant brusquement à ses genoux, elle lui dit : — Ayez pitié de moi!... Giulio, vous êtes un lâche, un homme sans cœur, si vous ne me laissez aller hors d'ici sur-le-champ.... Mais estimez-vous donc si peu l'honneur d'une noble demoiselle, qu'elle n'ait pu le laisser une heure à votre merci?

Il la releva. L'orage grondait avec un épouvantable fracas : des torrens d'eau battaient contre les fenêtres. Au milieu de ce tumulte des élémens, Giulio crut reconnaître des pas; on avait marché le long du balcon. — Qu'importe à présent, pensa-t-il, elle est à moi!

V.

Une heure après, l'Italien rouvrit sans bruit sa fenêtre. L'orage avait cessé, et vers le levant un faible crépuscule annonçait le jour; pourtant la nuit régnait encore, et le vieux château de Cadenet semblait dormir dans la brume obscure qui voilait ses murailles.

Mademoiselle de Novès gagna lentement le balcon : des larmes roulaient le long de ses joues; elle présenta son front brûlant au vent frais de la nuit, et, s'appuyant sur Giulio, elle lui dit d'une voix plaintive : — Vous reviendrez?

— Oui, ma Laure, avant peu : et maintenant, adieu; vois-tu là-bas?... C'est l'aube....

Elle détourna la tête dans un premier
mouvement de douleur et de honte; il lui
sembla qu'elle n'oserait plus se montrer au
jour.

Ses mains tremblantes serrèrent les mains de
Giulio : elle murmura quelques paroles cou-
pées de sanglots; puis, se relevant vivement,
elle courut vers la bibliothèque; la fenêtre en
était fermée. Mademoiselle de Novès passa la
main sur les vitraux et tâcha d'ébranler les
volets solides qui les doublaient à l'intérieur;
des efforts plus puissans que les siens eussent
été inutiles.

Giulio s'écria avec une confusion mêlée de
colère : — C'est la Carducha qui a fermé cette
fenêtre ! la misérable !

Mademoiselle de Novès resta un moment
debout contre la balustrade.

— Je suis perdue ! dit-elle avec un morne
désespoir, je suis déshonorée, et mon déshonneur va paraître aux yeux de tous !.... Mon

Dieu! faites-moi mourir avant que le jour vienne et qu'on me voie ici!

— N'est-il donc point d'autre issue? En passant par ma chambre et le grand escalier?

— La porte du vestibule est fermée en dedans.

— Si j'appelais la Carducha?

— Vous éveilleriez madame de Sault.

— Que faire? ô Ciel! que faire?

— Rien. Je vais attendre ici et prier Dieu, dit-elle en s'agenouillant; éloignez-vous, Giulio, je vous pardonne!

Il allait et venait le long du balcon avec une inquiétude qui croissait avec les clartés du jour. La pensée lui vint d'emmener mademoiselle de Novès dans sa chambre; mais où la cacher? Des Gravaux allait descendre peut-être; déjà l'on entendait les valets qui amenaient les chevaux dans la grande cour.

Tout-à-coup Laure se leva.

— Il y a moyen de sortir d'ici, dit-elle en saisissant le bras de Giulio; et, regagnant rapidement la chambre d'honneur, elle alla droit à l'alcôve, dont elle ouvrit les rideaux. Sa main chercha un moment, le long de la tapisserie, le secret d'une porte qui s'ouvrit aussitôt; il en sortit un vent humide et moisi.

— Là, dit mademoiselle de Novès d'une voix brève, la pâleur au front, les lèvres tremblantes, là, il y a un escalier qui descend dans les souterrains de ce château.

— Comment! interrompit l'Italien; j'ai dormi près de cette porte : elle n'était pas fermée et je me croyais en toute sûreté! mais à quoi servait-elle donc? des Gravaux ne m'en avait pas parlé en faisant l'histoire de cette chambre.

— C'est une issue secrète, répondit mademoiselle de Novès, sans remarquer l'étrange sang-froid de Giulio, tant elle était préoccupée d'une terrible et profonde émotion; c'est une issue comme il y en a plusieurs dans tous les châteaux-forts. Elle conduit dans les caveaux; les caveaux communiquent à la chapelle par une grille qui n'est jamais fermée à

clef : l'horreur qu'inspirent ces lieux les
garde assez. De la chapelle, je puis remonter
dans la bibliothèque, en passant par la tour
des archives. Mon Dieu ! protégez-moi.

Elle prit la lampe et, faisant signe de la
main à Giulio stupéfait, elle descendit : il était
temps; des Gravaux frappait à la porte de la
chambre. L'Italien laissa retomber la tapisserie;
il se sentait allégé d'un terrible fardeau. Le
sourire revint à sa bouche. — Allons, dit-il,
allons; il faut partir !... Je n'ai plus rien à faire
ici... Ah! monsieur de Bormes, vous n'avez
pas voulu me laisser derrière vous! Eh! eh!
suffisante précaution! Pauvre Laure! ma belle
Laure! pourvu qu'elle ne trébuche pas de
frayeur en traversant ces affreux caveaux ! ! !..
C'est une adorable créature pourtant! j'ai regret de la quitter !...

Ce fut tout ce qui lui resta au cœur de souvenir. Sans s'y arrêter davantage, il courut
ouvrir à des Gravaux, qui entra tout botté et
éperonné.

Cependant, mademoiselle de Novès avait

entendu se refermer sur elle la porte de l'escalier sècret. Quand elle se trouva seule, sur ces
marches usées et glissantes, elle fut saisie d'une
inexprimable terreur ; ses genoux ployèrent ;
elle s'appuya contre le mur, le long duquel pendaient ces longues toiles noirâtres que filent les
araignées dans les lieux humides. Ses artères
battaient avec violence ; sa vue troublée ne
distinguait plus rien : il lui sembla que le sol
tournoyait sous ses pieds et que la voûte s'a-
baissait sur elle, comme le dessus d'une tombe.

— Mon Dieu ! sainte Mère du Christ ! recevez mon âme ! dit-elle à haute voix. Que cette
horrible mort rachète les fautes de ma vie ;
qu'elle efface les souillures de cette fatale
nuit !... Sainte Vierge, je mets mon salut
entre vos mains !

Cette courte prière calma les hallucinations
de la malheureuse jeune fille ; au bout d'un
moment, elle se mit encore à descendre, en
récitant tout haut ses oraisons.

Au bout de l'escalier, s'ouvrait un vaste
caveau. Sous ses dalles, d'inégale grandeur,

reposaient beaucoup de morts : c'étaient des soldats tués au temps des anciennes guerres, pendant les assauts que soutint le château de Cadenet. Çà et là, quelques pierres élevées marquaient les sépultures des seigneurs morts en combattant à la tête de leurs hommes d'armes, troupe fidèle ensevelie autour d'eux.

Laure de Novès passa comme une ombre au milieu de ces tombeaux ; à sa démarche, à sa pâleur livide, au regard fixe de ses yeux, on eût dit une morte qui se levait de dessous terre, une de ces dames châtelaines couchées depuis tant d'années sous la dalle de leur sépulcre. Ce trajet dura quelques minutes, qui furent comme des heures d'une inexprimable angoisse. Enfin, Laure toucha à cette grille qui s'ouvrait dans la chapelle. Alors le courage et la fermeté lui revinrent : elle se prosterna un moment devant l'autel, puis elle traversa rapidement la galerie et regagna sa chambre, sans avoir été rencontrée par âme qui vive ; en y entrant, elle tomba sans connaissance sur les marches de son prie-Dieu. Sa vie était

comme suspendue : elle avait perdu la conscience de son être et la perception des objets
extérieurs; mais un songe, une vision, la
jetait dans une existence fantastique : d'é-
tranges figures dansaient en rond autour
d'elle; des anges, des démons, se la dispu-
taient : il lui sembla sentir leurs étreintes, et
elle crut mourir enfin, sous les ongles de Satan qui l'emportait à travers l'espace.

La Carducha avait veillé toute la nuit.
Quand le jour vint, quand elle entendit dans
la grande cour les piétinemens des chevaux,
elle quitta à pas de loup la chambre de madame de Sault et alla dans la bibliothèque.

— Rentre à présent, si tu peux! dit-elle en
s'arrêtant les bras croisés devant la fenêtre
cadenassée; rentre, noble demoiselle! la bien-
aimée de Giulio! Vos adieux ont été longs, et
ils ne s'achèveront pas sans témoins. Ah! tu
comptais revenir sans bruit, sans être vue,
sans que personne soupçonnât tes amours.....
Mais je veillais, moi! je t'ai mise dehors et tu
ne rentreras pas sans ma permission!...

Un faible cri se fit entendre ; quelque chose de lourd sembla choir sur le parquet. La Carducha eut peur dans l'obscurité ; elle ouvrit vivement les volets, et demeura stupéfaite, en apercevant mademoiselle de Novès étendue au milieu de sa chambre. En sortant de son évanouissement, elle avait voulu se lever ; mais, faible et brisée sous tant de secousses, elle était retombée la face contre terre.

A cet aspect, la Carducha fut d'abord saisie d'un étonnement singulier : elle douta du rapport de ses yeux ; elle crut avoir fait un rêve. Puis son sang espagnol se calma ; la furieuse jalousie qui l'animait fit place à un sentiment plus généreux. Elle s'approcha de Laure, souleva cette tête qui retombait inerte sur ses mains, et des larmes vinrent dans ses yeux.

— Pauvre enfant ! murmura-t-elle, pauvre enfant ! elle a souffert comme moi !... Ah ! cet homme nous a toutes deux perdues !....

Au bout de quelques momens, mademoiselle de Novès ouvrit les yeux ; elle passa ses deux mains sur son front, comme si elle cherchait à rassembler ses souvenirs ; puis, se tournant vers la Carducha qui pleurait, elle lui dit :

— Qu'avez-vous ? que faites-vous ici ?

— Mademoiselle , répondit humblement la Bohémienne, je suis ici pour vous servir ; en passant, je vous ai vue étendue et comme morte.

—Morte ! répéta Laure ; plût à Dieu que je fusse morte !

Elle leva les yeux vers la fenêtre qu'éclairaient les premiers rayons du soleil, puis elle se traîna sur le balcon sans proférer une parole.

La Carducha l'y suivit. Toutes deux regardèrent au loin, le long de la route ; le temps était parfaitement serein , les prés reverdis par l'orage avaient des nuances plus fraîches et plus veloutées ; la Durance étincelait aux feux naissans du soleil.

—Mon Dieu ! dit Laure en joignant les mains , est-il possible que ce jour terrible se lève si resplendissant et si beau !

Ses yeux éteints demeurèrent fixés sur la route et une fugitive rougeur remonta à son front. Près du bac , et tout-à-fait sur la limite des terres de Cadenet, deux voyageurs s'é-taient arrêtés. Après avoir parlé pendant quelques instans , ils se donnèrent la main en signe d'adieu : l'un sauta sur la barque, qui démarra sur-le-champ , c'était Giulio de Mazara ; l'autre reprit au petit pas de son grison la route du château de Cadenet : c'était le chevalier des Gravaux.

LIVRE QUATRIÈME.

AU BORD DE LA SORGUE.

I.

L'automne commençait à jaunir la verdure des frais rivages de la Sorgue; les saules, les peupliers, secouaient leurs feuilles sur les gazons où s'épanouissait encore la fleur violette du colchique; le soleil jetait de tièdes rayons dans l'azur plus pâle du ciel; un vent doux murmurait aux cimes des grands arbres, tandis que les plantes et les roseaux se miraient immobiles dans les flots limpides : c'était l'adieu des beaux jours.

Cette époque de l'année est la plus belle dans la vallée de Vaucluse; le printemps, qui

la pare d'une si riche verdure et de fleurs si
suaves, n'y a pas dans son luxe puissant,
dans sa jeune beauté, le charme mélancolique
des jours d'automne.

Le petit village de Vaucluse s'élève au bord
de la Sorgue, à l'entrée d'une gorge formée
par d'immenses rochers, nus, chauves et dé-
chirés par quelque affreuse convulsion du
monde antédiluvien.

Ici les demeures des paysans ne sont point
assises sur une colline à l'abri d'un château
seigneurial, elles n'ont pas une ceinture de
remparts et de tours fortifiées ; la Sorgue en
baigne les humbles murs, de grandes haies
d'aubépine et de sureau les gardent ; elles ne
sont dominées que par de hauts peupliers au
feuillage sombre.

A mesure qu'on s'éloigne du village pour
gagner les profondeurs de la gorge, les arbres et la verdure des prés disparaissent ; on
ne voit plus que d'immenses rochers, de profonds ravins, des cailloux grisâtres roulés par
les eaux. Le château de Vaucluse s'élève à

l'une des plus hautes cimes; à quelques cent pieds au-dessous, il y a entre les rochers comme une oasis de verdure : quelques ormeaux jettent leurs racines profondes entre des murs écroulés, la pervenche y fleurit et quelques vignes sauvages y forment encore de rustiques berceaux. C'est là que vécut Pétrarque; c'est là qu'il venait oublier le tumulte du monde et les intrigues de la cour d'Avignon; c'est là qu'il composa ces poésies qui ont immortalisé son nom et celui de la belle Laure.

Au fond du vallon, sous un rocher à pic aride, crevassé, noirâtre, jaillit une rivière. Elle forme d'abord une nappe tranquille et sombre, puis elle s'écoule entre les roches moussues; le bruit de ses flots impétueux couvre la voix humaine; une poussière humide s'élève incessamment de l'abîme et retombe sur les grandes mousses noires qui pendent aux rochers.

Il n'y a point de végétation autour de la fontaine; seulement un figuier a pris racine dans le roc au-dessus du bassin ; pendant les grandes crues, les eaux arrivent jusqu'à son tronc noueux.

Par une des belles matinées de l'automne, un étranger mit pied à terre au village de Vaucluse ; passant par Avignon il s'était détourné de son chemin pour visiter la fontaine. Sa suite était nombreuse ; un secrétaire et un major-dome voyageaient avec lui dans sa chaise, les domestiques venaient dans un autre carrosse.

Il y avait à l'entrée du village un cabaret, sur la porte duquel pendait, pour enseigne parlante, une branche de pin ; cette indication suffisait aux voyageurs pédestres et peu lettrés. Les gens en carrosse apprenaient par une enseigne représentant deux figures accolées comme celles du Janus antique et par un large écriteau, que, dans l'hôtellerie de Pétrarque et Laure, on logeait les seigneurs et leurs équipages.

C'est là que l'étranger descendit. Tandis que tout était en rumeur pour le recevoir, et que l'hôte, son bonnet de laine à la main, venait baisser le marche-pied du carrosse, un autre voyageur passa par le chemin. Il s'en allait modestement sur un âne, et, au lieu de s'arrêter avec les petites gens qui environnaient les carrosses, il passa outre et poursuivit sa route.

L'étranger s'était rejeté vivement au fond de sa chaise; il en descendit au bout d'un moment en disant à son majordome : — Faites préparer à dîner. Nous repartirons à la nuit. Vous pouvez rester; je veux faire seul le pélerinage de la fontaine. Qu'on me donne mon manteau; le vent se lève, il fera froid ce soir.

Le majordome s'inclina; le valet de chambre apporta un manteau; l'étranger s'en couvrit, puis il prit seul et à pied le chemin de la fontaine. A cent pas devant lui, allait doucement l'homme monté sur le grison : son chapeau de feutre blanc retombait en parasol sur ses épaules et cachait son visage; mais à sa grotesque tournure il n'était pas possible de méconnaître le chevalier des Gravaux.

L'étranger pressa le pas.

— Salut à monsieur des Gravaux! dit-il en mettant familièrement la main sur la croupe du grison ; il paraît que nous sommes destinés à nous rencontrer toujours le long des chemins : c'est sans doute parce que l'un et l'autre nous faisons de fréquens voyages.

— Monsieur de Mazara! s'écria le chevalier en clignant ses petits yeux avec une grimace de satisfaction; quelle joie j'ai de vous revoir ! Touchez là... Mais c'est mal, fort mal, de n'avoir pas donné de vos nouvelles pendant quatre grands mois.

— Pardon, monsieur! mais je ne savais vraiment en quel lieu vous adresser ma lettre.

— Eh! parbleu, à mon château des Gravaux; bien que je n'y demeure guère, c'est là que je reviens toujours comme les pigeons reviennent au colombier : c'est mon nid à moi; pauvre nid bien délabré.

— J'ai à me repentir aussi de n'avoir point écrit à M. le baron de Cadenet; des affaires interminables, des voyages, m'en ont empêché.

— C'était inutile : le pauvre cousin est mort environ quinze jours après votre départ...

— Il est mort! Et M. de Bormes a hérité?

— Il a hérité de tout; il est maintenant baron de Cadenet, seigneur de Lourmarin, Menerbes et autres lieux. C'est le plus riche gentilhomme de Provence.

— A-t-il épousé mademoiselle de Novès?

— Pas encore, dit des Gravaux d'un air mécontent, pas encore. Les femmes ont des caprices fort entêtés. J'ai bien fait de ne pas me marier.

Il fit une moue dédaigneuse; puis, rompant brusquement l'entretien, il s'écria :

— Mais vous, seigneur Giulio, qui tombez ici devant moi comme des nues , d'où venez-vous? où allez-vous?

— Je viens de Rome, répondit-il imperturbablement; je vais à Paris; passant par le Comtat, j'ai voulu voir la célèbre fontaine de Vaucluse. Ce soir, je me remets en route.

— C'est trop tôt. Et vous êtes seul?

— Pas absolument.... j'ai un valet.

— Savez-vous quel grand personnage est arrivé tantôt à l'hôtellerie de Pétrarque?

— Non, monsieur.

— J'ai vu des carrosses. Nous saurons cela en redescendant.

— Pourquoi? fit Giulio inquiet; il n'y a rien d'insipide comme la rencontre d'un grand seigneur, et je craindrais l'honneur de sa société dans un pèlerinage comme celui-ci. Allons seuls, s'il vous plaît. Êtes-vous disposé à me tenir un moment compagnie?

— Je ne demande pas mieux! s'écria des Gravaux; je retrouve enfin quelqu'un à qui parler! Depuis tantôt quatre mois je me vois incessamment face à face avec des femmes affligées, mornes, et, le croirez-vous? presque muettes.

— Comment! dans quelle communauté de femmes vous êtes-vous donc retiré?

— Là! là! malicieuse langue! je ne vis pas avec des nonnes; on parlerait davantage au couvent. Je demeure là haut, dans ce château, avec madame de Sault et mademoiselle de Novès. Depuis la mort du baron, je n'ai pas osé les quitter, étant le seul homme de la famille qui pût rester près d'elles et les protéger.

Le chevalier dit ceci avec un certain air d'importance et en redressant son chétif individu. Giulio s'écria :

— Mademoiselle de Novès est ici !...

— Eh ! oui, dont bien me pèse ! fit des Gravaux ; je la voudrais au château de Cadenet. Mais les jeunes filles, quelles têtes ! et les vieilles femmes, c'est encore pis ! J'y perds mon latin et mon éloquence.

— Mademoiselle de Novès ne peut donc pas se décider en faveur du comte ?

— Oui certes, il le faut ; mais elle diffère, elle pleure, elle me fait damner avec ses humeurs. Madame de Sault se range de son côté et me tient tête, parce qu'elle hait de toute son âme le comte de Bormes. Ah ! quel fardeau que la tutelle d'une fille de dix-huit ans, et quel souci que celui de la marier !

— Vous êtes le tuteur de mademoiselle de Novès ?

— C'est le legs que le baron a mis pour moi dans son testament. Mon pauvre cousin, il ne pouvait pas autre chose en ma faveur ! C'est une dernière marque de sa confiance, et j'y ai été fort sensible. Les autres parens en ont murmuré.

— Je croyais que mademoiselle de Novès n'en avait plus d'autres que vous et son oncle.

— Et puis une nuée de cousins et arrière-cousins, tous à un degré fort éloigné. N'importe, ils ont pris le deuil à la mort du baron. Il y en avait quarante-trois à ses funérailles, tous à cheval : c'était un beau coup d'œil. J'ai dirigé la cérémonie, et je puis dire que tout s'est fait avec pompe, comme autrefois quand le populaire respectait encore l'autorité des seigneurs. Le mérite n'en est pas tout à moi ; j'avais trouvé dans le livre de famille une relation des obsèques de Balthazar VI, baron de Cadenet, et je m'y suis conformé de point en point.

Le corps, proprement embaumé et revêtu, selon la pieuse intention du défunt, de l'habit gris de saint François, a été présenté à la chapelle du château, où l'on a dit l'absoute. Puis on l'a mis sur un chariot pour l'amener au lieu de sa sépulture. Je voulais qu'il fût porté, selon l'ancien usage, par les paysans de la baronnie ; il n'y a guère que deux journées de marche pour venir ici en procession ; les coquins s'y sont refusés.... Mais quel beau cortége ! On accourait de tous côtés pour le voir passer. Toute la noblesse de Provence était là. Je menais le deuil. Nous n'avons couché que deux nuits en route, et le surlendemain au coucher du soleil nous étions ici.

— C'est le baron qui a ordonné que son corps fût enseveli dans la chapelle de son château de Vaucluse ? interrompit Giulio, se souvenant tout-à-coup des reliques de Montmorency ; il m'avait fait part de cette intention.

— Devant Dieu soit son âme bienheureuse ! Je me suis conformé à toutes les volontés qu'il m'avait confiées.

— Alors, dit l'Italien d'un ton mystérieux, vous avez arrangé de vos mains, dans le caveau où il repose, de précieuses reliques....

— Comment! que voulez-vous dire, monsieur de Mazara? interrompit des Gravaux avec un certain trouble; de quoi me parlez-vous?

— Un livre d'heures, un mouchoir taché de sang, continua imperturbablement Giulio; le mouchoir qui bandait les yeux du dernier duc de Montmorency, quand il fut décapité à Toulouse. Vous voyez que le baron avait en moi quelque confiance.

— Pour Dieu! que ceci reste secret entre nous, s'écria des Gravaux tout effrayé. Monseigneur le cardinal serait capable de me faire mettre à la Bastille, s'il savait ce que j'ai caché dans le caveau. Il faut qu'on ne le découvre qu'au jugement dernier....

— Qui oserait fouiller cette sépulture? un trésor y serait en sûreté sous la tête du mort!

— Oh! ce n'est pas moi qui étendrais la main pour l'aller chercher! fit des Gravaux

en se signant. Jésus-Dieu ! que j'ai senti
d'angoisses en mettant dans les mains jointes
du trépassé le livre, le mouchoir, la feuille
de papier....

— La feuille de papier à laquelle pend un
sceau aux armes de France, dit Giulio en
s'arrêtant; l'avez-vous lue?

— Non, non, je n'y ai même pas touché;
elle était pliée dans le livre d'heures. Que
Dieu me pardonne d'avoir parlé de toutes ces
choses! j'en ai comme un frisson!... Laissons
là les morts, monsieur de Mazara! je fais
de mauvais rêves, la nuit, quand j'ai
par hasard laissé aller mon esprit sur ce
sujet. Baste! je ne veux penser qu'aux vivans.
Comme vous voilà galamment et bizarrement
vêtu! votre barrette de velours ressemble
presque à celle des chanoines de Saint-Isidore
de Madrid.

— Sauf la couleur. Ceci est de mode à
Rome : chacun y copie le clergé.

— En effet; votre vêtement noir ressemble
à celui d'un abbé.

L'Italien sourit et ramena son manteau sur l'épaule.

— Ne trouvez-vous pas plutôt, dit-il avec une vaniteuse ironie, que je ressemble aux *cavalleros* qui fréquentent le Prado et l'église de San-Francisco?

— *Ay desgraciado de mi!* s'écria des Gravaux tout attendri à ce souvenir : il y a quelque trente ans que je faisais là-bas bonne figure; mais les Parques ont bien filé depuis, comme disent les poëtes.

En parlant ainsi, ils avaient avancé vers la fontaine; bientôt le bruit des eaux couvrit leur voix. Giulio s'arrêta : son œil mesura un moment l'abîme, les roches immenses, l'eau profonde; puis il dit : — C'est beau!

— Voulez-vous aller jusqu'au gouffre? cria des Gravaux en mettant pied à terre.

— La tête me tourne, dit l'Italien en se bouchant les oreilles et revenant sur ses pas.

Bientôt il s'arrêta haletant pour attendre des Gravaux, et, s'appuyant sur un rocher debout au bord du chemin comme une grande

borne milliaire, il tourna les yeux sur le château de Vaucluse, qui élevait en face de lui
ses murailles crénelées et ses sveltes tourelles
couronnées de toits rouges. Une foule de
pensées, de projets confus, se heurtaient dans
sa tête sans qu'il lui fût aisé de les débrouil-
ler. Si peu de temps ! à quelques pas, une
suite qui le gênait ! Pourtant il était possible
de réussir.

— Monsieur le chevalier, dit-il dès que
des Gravaux l'eut rejoint, je ne repartirai
pas sans avoir été saluer madame de Sault
et mademoiselle de Novès. Voulez-vous que
nous montions ensemble au château ?

Cette proposition ne parut pas convenir
infiniment au vieux gentilhomme, et, prenant
son parti, il dit nettement : — Monsieur de
Mazara, j'ai une certaine frayeur que votre
présence fasse tort à M. de Bormes.

— Ah ! monsieur, vous me faites trop
d'honneur, fit poliment Giulio.

— Eh ! eh ! madame de Sault vous aime
fort ! Ne vous y trompez pas, c'est unique-

ment en haine du comte. Mademoiselle de
Novès se gouverne par ses conseils.... La
vieille dame lui en donne de fort mauvais à
l'endroit de M. de Bormes.

— Je ne pense pas que ce soit à mon intention, monsieur.

— Non, pour le moment; mais les femmes,
les vieilles femmes sont si aveugles et em-
portées dans leurs aversions! Malgré le testament du baron, les fiançailles et l'opposi-
tion de toute la famille, madame de Sault
serait capable de vous donner Laure de
Novès.

— Elle ne me la donnerait peut-être pas
malgré moi-même.

— Non certes!

— Et la preuve que je n'ai nulle préten-
tion à un tel bonheur, c'est que je tenterai
de décider mademoiselle de Novès à épouser
le comte promptement. Quelle figure fait-il,
ce pauvre comte?

— Assez piteuse : il est amoureux et pas
du tout aimé.

— Cela n'empêche pas qu'on l'épouse.

— Sans doute : une fille sage, une fille de notre maison où jamais femme n'a failli, ne met pas sa vertu en péril pour cela. Un si grand mariage, monsieur ! douze châteaux ! Si l'on voulait, il y en aurait un pour chaque mois de l'année.

— Vous les visiterez successivement.

— Et vous viendrez nous y voir, monsieur. Allons, allons, sans plus tarder.

— Si vous me précédiez ? dit l'Italien en se ravisant ; peut-être serait-il à propos d'annoncer mon arrivée.

— J'y vais ; mais il faudra me suivre de près, monsieur de Mazara. Voyez, le soleil baisse ; les jours ne sont pas longs en cette saison. En tout cas, vous resterez cette nuit.

L'Italien redescendit en toute hâte au village.

— Filomarini, dit-il à son majordome, retournez sur l'heure à Avignon avec ma chaise et le carrosse. Laissez ici pour moi un cheval ; je vous rejoindrai demain. Combien y a-t-il dans ma bourse ?

— Environ vingt louis, monseigneur.

— Ajoutez-en encore quarante. C'est bien : partez sur-le-champ,

II.

Le château de Vaucluse dominait toute cette sombre vallée à travers laquelle la Sorgue s'écoule comme un impétueux torrent. On ne trouvait ni arbres, ni verdure, au pied de ses fortes murailles : partout le rocher aride, pelé, grisâtre ; seulement quelques touffes de lavande croissaient dans les profondes crevasses de ce sol désolé, et jetaient aux vents leurs chaudes senteurs.

Giulio avait gravi rapidement le chemin tortueux qui menait au château. En approchant de cette demeure où il allait retrouver

mademoiselle de Novès, il fut surpris de se
sentir au cœur quelque émotion. Il se sou-
vint de cette dernière nuit, quand l'orage
grondait, quand, prosternée à ses pieds, la
noble demoiselle lui avait demandé merci au
nom de Dieu et de sa sainte mère. Et cette
prière ne l'avait pas sauvée!... Giulio tâcha
de refouler ce souvenir.

— A quoi bon y songer! pensa-t-il; qu'importe sa présence! ce n'est pas pour elle que
je suis ici.

Des Gravaux venait déjà au-devant de lui.
La Carducha le devançait.

— Enfin, c'est vous! dit-elle rapidement.

— Je m'étais attendu à te trouver ici, répondit-il; il faut que je te parle secrètement,
ce soir encore, dans deux heures, à la fontaine...

— J'y serai.

— Soyez le bienvenu, monsieur, cria de
loin le chevalier, prenez à gauche du chemin; il y a de l'autre côté des cailloux
tranchans comme des lames de couteau.

Le vieux gentilhomme, arrêté sous la grande porte, ne ressemblait pas mal à un de ces nains qui, postés à l'entrée des châteaux, annonçaient l'arrivée des chevaliers errans.

— On vous attend là-haut, monsieur de Mazara, dit-il en introduisant l'Italien dans une grande cour où les mauves croissaient aussi hautes que dans un cimetière de village. Ils montèrent ensuite un escalier en limaçon, dont les marches usées n'offraient plus qu'une pente raide et périlleuse.

Madame de Sault s'était avancée jusqu'à la porte de la salle pour recevoir Giulio. Derrière elle se tenait mademoiselle de Novès, si pâle, si défaillante, que des Gravaux s'approcha pour lui donner le bras et la ramener à son fauteuil.

L'Italien la salua profondément; on eût dit qu'il n'osait la regarder en face. Elle était vêtue d'une simple robe de serge noire; ses cheveux, lisses et séparés sur son front, ne retombaient plus en boucles soigneusement frisées, le doux incarnat de ses joues

s'était effacé; mais il y avait en elle une sorte
d'abattement, de langueur, qui la rendait
plus belle et plus touchante.

— Monsieur de Mazara, dit la comtesse,
c'est une œuvre méritoire de venir visiter
dans leur ermitage deux pauvres solitaires.
Je n'espérais plus vous revoir.

— C'est au hasard, madame, que je dois
l'honneur de vous saluer aujourd'hui ; je
vous croyais toujours au château de Cadenet.

— Il y a maintenant un nouveau maître,
répondit madame de Sault avec amertume;
je n'y rentrerai plus.

— Ceci est un propos inutile, murmura
des Gravaux.

L'Italien s'assit près de la comtesse; mademoiselle de Novès alla se mettre plus loin devant son métier à tapisserie : elle gardait le
silence, une émotion profonde précipitait le
mouvement de son sein et ramenait sur ses
joues une fugitive rougeur.

Giulio avait promptement repris toute l'aisance de ses manières. Il parla une heure

durant de ses voyages, des affaires publiques, de Rome, du dernier jubilé. Évidemment, il ne voulait pas sortir de cette conversation banale, et toute question directe et personnelle le mettait dans une sorte d'embarras. Il s'était donné pour un bon gentilhomme des États du pape, peu favorisé de la fortune, et qui cherchait à faire son chemin au service de France. La comtesse lui demanda s'il avait obtenu de l'avancement, et s'enquit adroitement de sa position; mais il répondit d'une façon si réservée, qu'on en pouvait conclure que ses espérances n'avaient pas réussi.

Des Gravaux avait à cœur de faire expliquer l'Italien sur un autre sujet, et c'était de sa part une assez bonne diplomatie. Après avoir tenté quelques allusions que personne ne releva, il dit brusquement :

— N'avez-vous pas été surpris, monsieur, de retrouver ici mademoiselle de Novès ?

— Il est vrai. J'étais loin de prévoir le malheur qui est arrivé dans votre famille.

— Je le voyais venir depuis long-temps ; le

pauvre cousin avait quelques années plus que
moi, et je suis vieux, monsieur de Mazara.
Avant de mourir, j'ai à cœur de marier cette
orpheline.

— Rien ne presse, interrompit madame de
Sault; vous vivrez autant que les patriarches,
mon cousin, vous vivrez cent ans et plus.

— Ceci n'est qu'une défaite, interrompit
résolument des Gravaux; M. de Mazara est
l'ami de notre famille; M. le baron avait en
lui une grande confiance : j'en ai des preuves.
Je veux lui parler de tout ceci, car il est
homme de bon conseil et il connaît le monde.
La situation est toute simple, monsieur, et il
n'y a pas quatre chemins pour en sortir; il
s'agit d'un oui ou d'un non : or, il n'est pas
possible de dire non. Mademoiselle de Novès
est fiancée au plus riche gentilhomme de
Provence, beau cavalier, galant homme, tout
accompli, digne d'elle enfin. Eh bien! par
le plus étrange caprice, elle oppose des dé-
lais sans fin à ce mariage; elle refuse les visites de son fiancé; elle pleure, languit, se

consume, comme si sa destinée n'était pas la plus belle du monde. Monsieur de Mazara, conseillez-lui donc d'épouser sur-le-champ le comte de Bormes, et restez pour assister à la noce.

Pendant cette période embrouillée et prononcée avec une extrême volubilité, mademoiselle de Novès avait caché dans ses mains son visage couvert d'une rougeur brûlante.

— Mon cousin, assez, assez ! s'écria-t-elle plaintivement.

Madame de Sault regardait Giulio et semblait lui dire : — Eh bien ! répondez donc ! le moment est propice ! Si vous avez le cœur de vous couper la gorge avec le comte de Bormes, pour épouser sa fiancée, il faut le déclarer.

— Monsieur de Mazara, reprit des Gravaux, n'avez-vous pas un mot à dire en faveur du comte ? êtes-vous aussi d'avis de renvoyer ce mariage aux calendes grecques ?

— Je suis d'avis que toute chose résolue doit être promptement accomplie, répondit froidement Giulio ; si mon opinion peut être de quelque influence dans la détermination de mademoiselle de Novès, elle sera, d'ici à un mois, comtesse de Bormes.

Madame de Sault s'était levée.

— Oui, pauvre enfant! dit-elle, en se rapprochant de Laure, qui, pâle maintenant, regardait en face l'Italien; oui, accomplis ta destinée : elle est inévitable.

— Une heureuse et belle destinée! s'écria des Gravaux triomphant; dame de douze châteaux! riche à millions! et l'épouse d'un bon, loyal et très-honoré gentilhomme!

— L'épouse d'un valet du cardinal de Richelieu, interrompit madame de Sault avec véhémence, l'épouse d'un homme dont le père fut notre mortel ennemi! Je n'ai pas oublié le siége d'Aix, ni les coups d'arquebuse qu'on tirait aux fenêtres de mon hôtel, ni la prison dont j'eus le bonheur de me sauver déguisée en milicien!... Mais qui s'en est souvenu dans notre famille? personne; puisque ma nièce, la petite-fille de ma propre sœur, épouse le comte de Bormes! J'aurais dû mou-

rir assez tôt pour ne pas subir cet affront!...
autrefois, on ne l'aurait pas fait impunément
à la comtesse de Sault. J'irai me cacher dans un
couvent; là, du moins, je ne verrai pas l'hu-
miliation de notre famille!... Tu m'avais com-
prise, toi, mon enfant, ajouta-t-elle en se
tournant vers mademoiselle de Novès, la noble fierté, l'honneur inflexible de notre maison, vivent en toi; nous t'aurons laissé du
moins ce saint et bel héritage! Tu n'aurais
pas donné ta main à un ennemi, Laure de
Novès! on la lui a vendue!... Subis ton sort.

Mademoiselle de Novès s'était levée; pâle,
immobile, la terreur au front, elle s'écria:
— Madame, ayez pitié de moi! Assez! vos paroles me tuent!...

Des Gravaux levait les yeux au ciel, d'un air
consterné, en disant: — Madame, ce ne sont
pas là des sentimens chrétiens! une haine si
implacable après tant d'années! il y a plus
d'un demi-siècle que le défunt comte de Bormes se battait contre les ligueurs dans la ville
d'Aix.....

La comtesse de Sault redressa sa grande taille, et, regardant fièrement des Gravaux, elle lui montra un écusson sculpté en plein relief au-dessus de la porte.

— Vous voyez ces armoiries, dit-elle, les reconnaissez-vous? ce sont celles de notre maison. Eh bien! le défunt comte de Bormes les brisa sur la porte de mon hôtel, après que la populace royaliste les eût couvertes de boue.... Croyez-vous qu'un demi-siècle suffise pour effacer le souvenir d'une telle injure? Croyez-vous que le comte de Bormes l'ait rachetée? le sang de toute sa race ne suffirait pas!...

Viens, mon enfant, ajouta-t-elle, en se tournant vers mademoiselle de Novès avec une sorte de résignation; allons prier dans mon oratoire!...

Elle salua froidement Giulio et sortit. Mademoiselle de Novès parut hésiter un moment à la suivre : il y avait dans sa contenance, dans sa physionomie, quelque chose d'égaré, de profondément malheureux, qui épouvanta

Giulio ; il s'approcha d'elle vivement, comme s'il eût craint quelque parole imprudente ; alors elle lui dit d'une voix ferme et en le regardant en face : — Monsieur de Mazara, vous ne repartirez pas encore ?

— Dans une heure, peut-être, balbutia-t-il ; je suis navré : mais une nécessité absolue m'y contraint.

— Il faut, avant votre départ, que je vous entretienne sans témoins, dit-elle en se rasseyant.

Il y avait dans son geste une sorte d'autorité, de sombre résolution ; des Gravaux la regarda étonné : — Jésus-Dieu, murmura-t-il, madame de Sault a tourné cette pauvre tête ! Comment finira tout ceci ? Monsieur de Mazara, vous le voyez, elle a confiance en vous ; calmez-la, conseillez-la bien.... Je vais vous attendre dans la salle d'en bas.

Il sortit : Giulio poussa son fauteuil près de celui de mademoiselle de Novès, et d'un air inquiet, mais parfaitement calme, il attendit qu'elle lui parlât. Elle restait là, mainte-

nant les yeux baissés, pâle, muette, anéantie;
sa main froissait machinalement les plis de sa
robe noire; ses lèvres remuaient sans articuler
aucune parole; enfin elle s'écria d'une voix
plaintive : — Giulio! que je suis malheureuse!

Elle fondit en larmes; et pendant quelques
momens elle ne put parler au milieu de ses
sanglots.

— Calmez-vous, au nom du Ciel, calmez-
vous! dit l'Italien en lui prenant les mains; je
suis au désespoir que ma présence vous ait
jetée dans un si grand transport de douleur;
j'ai regret maintenant d'être venu ici.

— Croyez-vous donc que j'étais heureuse et
tranquille en votre absence? dit-elle impétueu-
sement; oh! quelle vie depuis quatre mois!...
sans la crainte de Dieu, j'y aurais mis fin en
me précipitant dans la Sorgue. Depuis quatre
mois, je n'ai osé regarder personne en face :
il me semble que ma honte est écrite sur mon
front et qu'elle doit paraître aux yeux de tous;
je voudrais m'ensevelir dans une solitude où
nul visage humain ne se montrerait, où le

jour ne pénètrerait pas; je voudrais être
morte et couchée pour toujours sous les dalles
de la chapelle.... Oui, tout mon espoir était
de mourir bientôt; car la mort était mon seul
refuge... Mais vous êtes revenu, Giulio; vous
me sauverez!...

— Laure, dit-il d'une voix basse et pénétrée, quel mal me font vos remords! mais
vous vous exagérez votre faute; il n'y a qu'un
coupable, et c'est moi! Vous êtes inno-
cente, vous, et Dieu vous a pardonné! j'ai
l'espoir que vous pouvez encore être heureuse.

— Oui, Giulio, avec vous, loin d'ici. Vous
m'emmènerez; nous irons ensemble dans votre
pays, obscurs et pauvres : qu'importe! Oh!
après avoir tant souffert, toute position me
semblera bonne! je ne me plaindrai pas d'avoir
tout quitté pour vous! Giulio! oui, je serai
heureuse!...

— Mais ce sacrifice, je ne veux pas l'accepter, moi, et vous ne pouvez pas me le faire.
Votre famille.....

— Elle n'a que des conseils et point d'ordres à me donner : je suis orpheline.

— Vous êtes fiancée au comte de Bormes.

— Il n'y a entre nous qu'une simple promesse, et mon confesseur m'en relèvera.

— Le testament du baron?...

— Il me déshérite de la seigneurie de Vaucluse, si je n'épouse pas le comte : eh bien ! j'y renoncerai. Vous le saviez, je suis pauvre.

Giulio baissa la tête, et dit d'une voix plus faible : — Il y a d'autres obstacles qui ne viennent pas de vous, Laure; si je vous disais....

— Eh bien ! achevez, s'écria-t-elle avec anxiété, dites-moi tout, Giulio, que je sache tout ce qu'il y a entre nous : ceci est une question de vie ou de mort.

— Écoutez, reprit-il après un moment de silence : ce n'est pas l'amour, ce n'est pas l'aveugle passion, qui nous a précipités dans une si grande faute, que je vais laisser parler; c'est la voix de la raison et votre seul intérêt. Qu'importe mon avenir? c'est le vôtre que je

veux rendre glorieux, digne d'envie. Avec
moi, quel serait votre sort? je suis pauvre,
d'une noble famille, il est vrai; mais quel
triste honneur que celui d'un beau nom,
quand il n'y a rien pour le soutenir!.... Un
autre peut vous donner tout ce que vous ne
trouveriez pas avec moi : avec lui, vous serez
riche, heureuse, honorée....

— Jamais! interrompit mademoiselle de
Novès avec indignation, jamais! l'honneur
est perdu! Vous m'avez précipitée dans un
abîme de honte et de malheur !

L'Italien haussa imperceptiblement les
épaules. — Rien n'est perdu, dit-il froidement, et vous ne subirez point la honte d'une
faute si secrète qu'elle n'est connue que de moi
seul. Laure, c'est votre gloire et votre bonheur que je défends en ce moment contre
vous-même : ne les sacrifiez pas à un vain
scrupule.... Votre repentir a tout lavé devant
Dieu, et votre confesseur vous donnera l'absolution.

Elle joignit les mains avec désespoir, et se

dressant tout-à-coup devant Giulio, elle lui
dit, la rougeur au front, les lèvres tremblantes : —Je n'épouserai pas monsieur de Bormes!
ne voyez-vous pas pourquoi, Giulio?

Il se leva aussi, et, la regardant avec épouvante, il s'écria : — Oh! Ciel, est-il possible?...
Ah! malheureuse!

Elle était retombée sur son fauteuil et pleurait, le front caché dans ses mains.

— Eh bien! cria doucement des Gravaux,
dont le visage allongé parut à la porte.

L'Italien se jeta au-devant de lui.

— Allons! dit-il en l'entraînant, laissons
mademoiselle de Novès seule un moment.

—L'avez-vous décidée?

—Oui, elle m'a promis... Il faudra que je
lui parle encore... Maintenant elle veut être
seule. Allons; ce soir je reviendrai.

— Vous êtes notre hôte pour cette nuit,
monsieur de Mazara?

— Non, répondit-il après un moment de
réflexion, je ne puis accepter votre bonne hospitalité; mais je ne vous dis pas encore adieu.

III.

Au coucher du soleil, Giulio attendait dans le vallon. Il faisait un temps doux et nébuleux, le vent se taisait. On n'entendait que le bruit des eaux et le cri des oiseaux de nuit qui commençaient à voleter en rond à la cime des rochers.

L'Italien s'assit sur une pierre qui peut-être servit de seuil à la maison de Pétrarque; la Sorgue coulait à ses pieds sombre et profonde; les larges feuilles de vigne que l'automne secouait, toutes jaunies, tourbillonnaient sur les eaux, puis disparaissaient rapidement em-

portées. Il y avait dans les bruits de cette solitude une ineffable mélancolie. Tout y était
grand, sauvage, plein d'une austère harmonie.
L'invisible génie qui jadis inspira Pétrarque
étendait encore ses ailes dans cet air attiédi, et
semblait soupirer sous les vieux ormes et les
lauriers qui ombragèrent la maison du poëte.

Giulio se laissa aller aux souvenirs que rap-
pelaient ces lieux ; un moment, des cordes dé-
tendues vibrèrent en lui. Il songea au néant
des ambitions humaines, aux déceptions qui
couronnent leurs plus beaux succès, aux lut-
tes perpétuelles, aux difficultés de la position
qu'il s'était faite.

—Que la vie passerait plus doucement ici !
murmura-t-il ; qu'on s'y reposerait bien des
agitations d'une autre existence ! une maison-
nette sous ces ormeaux et tout à l'entour un
petit jardin clos d'aubépine, quel domaine
pour celui qui bornerait son ambition aux
seuls biens véritables, la solitude, le repos,
le doux *far niente !*

Il baissa la tête et demeura comme recueilli

dans un complet repos. Les projets, les pensées, les joies, les inquiétudes qui occupaient sans relâche cette active organisation, s'effacèrent comme dans un vague sommeil; elle reposait détendue par les puissantes influences de la solitude et de cette nature grande, paisible, et où n'arrivait pas le bruit du monde.

L'aspect de la Carducha ramena tout-à-coup l'Italien à sa position et à son véritable caractère. Il sembla s'éveiller de quelque songe bizarre, et, passant les mains sur ses yeux, il s'écria : — Le jour baisse. Qu'il fait sombre sous ces arbres!... Paquita, j'avais peur que tu n'eusses oublié notre rendez-vous!

— J'étais près de mademoiselle de Novès, répondit-elle en croisant les bras d'un air pensif; elle ne veut que moi près de son lit.

— Ah! fit Giulio, d'un air étonné. Puis prenant la Bohémienne par la main, il la fit asseoir près de lui. Paquita, lui dit-il, je sais ton dévouement; il faut m'en donner encore une preuve.

Elle le regarda d'un air sombre, irrité, et

ce ne fut plus avec le ton d'une femme subjuguée par son ascendant qu'elle lui demanda
froidement : — Laquelle ?

— J'ai cru pouvoir compter sur toi, reprit-
il de sa voix la plus caressante ; me suis-je
donc trompé ?

— Avant de vous répondre il faut que je
sache ce que vous voulez de moi.

— Es-tu capable de tout oser pour me rendre un grand service ?

— Vous allez me faire encore quelque infernale proposition !.. parlez.

— Ainsi tu veux que je me livre sans être
sûr....

— Eh ! n'y a-t-il pas déjà d'autres secrets
entre nous, Giulio?... Si je voulais parler, n'aurais-je donc rien à dire? mais Dieu me garde
d'en avoir la pensée !... Non pour vous, mais
pour une autre, ajouta-t-elle plus bas.

—Écoute : tu sais bien, dans la chapelle du
château, quel est l'endroit où l'on a enterré le
baron de Cadenet?

— Oui, répondit-elle étonnée ; c'est à côté

de l'autel, sous une grande pierre de liais bien scellée.

— Comment? point de tombe!

— On n'a pas encore mis en place la grande plaque de marbre où sont sculptés le nom et les armoiries du défunt.

— Tu as assisté à ses funérailles.

— Oui, j'y étais.

— Qui donc a arrangé le corps dans la tombe?

— Deux hommes l'y descendirent, c'étaient des fossoyeurs; puis monsieur le chevalier des Gravaux s'approcha pour arranger quelque chose près du trépassé; les assistans se tenaient à distance en chantant le *Requiem;* ils aspergèrent chacun à leur tour avec le goupillon; puis les fossoyeurs achevèrent de couvrir le corps et fermèrent la tombe. Depuis, on a dit chaque jour une messe pour le repos du défunt baron de Cadenet.

L'Italien tira sa bourse, et, la jetant sur les genoux de la Carducha, il dit :

— Voici quarante louis. Crois-tu que pour

cette somme on puisse trouver un homme qui, cette nuit même, oserait ouvrir la tombe et prendre un papier qui est entre les mains du défunt baron de Cadenet?

—Non! répondit la Carducha avec horreur, non!...

—Tu te trompes. Quels sont les fossoyeurs qui ont assisté aux funérailles?

—Deux hommes qui vivent là-bas, à la porte du cimetière; personne ne leur parle, les enfans en ont peur; leur métier est d'aller dans le village et dans les campagnes ensevelir les morts.

—Ces gens-là, Paquita, n'ont pas les puériles terreurs qui nous frappent à l'aspect d'un mort; pour quarante louis un fossoyeur déterrerait le cadavre de son propre père. Le temps presse, Paquita, veux-tu aller trouver ces hommes?

— Et vous voulez que je leur propose de violer une sépulture, que je les conduise au château, que je les cache dans la chapelle, que je me fasse leur complice?

—Que crains-tu? cette bourse pèse assez ; pour l'emporter sur tous leurs scrupules ; après ils se tairont.... Ceci n'est pas une profanation.... Tu ne seras point là, Paquita, tu te tiendras à l'entrée de la chapelle.... et quand ces hommes t'apporteront ce papier, tu le prendras....

Pour un si grand service, tu peux tout me demander. Tu es pauvre., abandonnée de tous, réduite à servir : eh bien ! je te ferai riche, tu retourneras en Espagne, et à ton tour tu deviendras une dame et tu auras des servantes pour t'obéir.

—C'est ce que j'étais avant de vous connaître, Giulio ; ce que vous voulez me donner, ne me l'avez-vous pas ôté?

—Le temps presse, Paquita ; vois, la nuit arrive. Ne veux-tu pas aller trouver ces hommes ?

—Mais ce papier, Giulio, ce papier ! Il faut que je sache!... C'est celui que vous alliez chercher pendant cette fatale nuit?..

—Tu m'as bien servi alors, Paquita.

—Que Dieu me le pardonne! dit-elle d'une voix sourde.

—Si tu savais quel service immense! De la possession de ce papier dépend peut-être la plus haute fortune! crois-tu que j'oublierai jamais celle qui me l'aura livré!... Paquita, je suis ambitieux, et tout ce que je peux devenir est entre tes mains!... Veux-tu aller trouver ces hommes?...

— J'irai, répondit-elle après un silence; mais n'avez-vous plus rien à me dire?

— Tout est dit; tu sais ce que je veux; tu n'as que cette nuit.... Je pars demain, Paquita.

— Demain!

Elle appuya sa main sur le bras de l'Italien, et, fixant sur lui un regard plein de reproche, elle dit : — Et mademoiselle de Novès?

— Mademoiselle de Novès! répéta Giulio surpris; pourquoi me parles-tu d'elle, Paquita?

— Parce que je ne puis la regarder sans remords. Vous l'avez perdue, Giulio, et c'est moi qui vous l'ai livrée!...

— Es-tu folle?

—, Non, non!... Mais vous, Giulio, vous êtes un homme sans cœur et sans foi! Mais qu'y a-t-il donc de sacré pour vous? l'honneur, la vie d'une noble demoiselle, ne valent pas plus à vos yeux que la bonne renommée et la vertu d'une pauvre jeune fille. Toutes sont égales devant votre amour infâme... Oh! combien je me suis repentie de ce moment de jalousie et de vengeance qui a perdu mademoiselle de Novès! car c'est moi qui ai fermé derrière elle cette fenêtre : je vous épiais..., puis je l'ai retrouvée mourante dans sa chambre... Mais comment y était-elle rentrée?... Giulio, il faut la sauver maintenant; la malheureuse ne doit plus espérer qu'en vous.... Ah! j'avais cru que vous reveniez pour elle!... Je m'étais encore trompée, Giulio.

Il vit qu'elle savait tout; et prenant sur-le-champ son parti, il lui dit : — Mademoiselle de Novès t'a-t-elle parlé de moi?

— Jamais.

— Crois-tu que qui que ce soit au monde soupçonne ce qui est arrivé?

— Personne.

— Eh bien ! alors ?...

— Mais ne voyez-vous pas qu'elle est perdue, si vous ne l'épousez et ne l'emmenez sans délai ; il n'y a pas deux moyens de sauver l'honneur, Giulio.

Il hocha la tête et sembla réfléchir.

— Mais vous-même ne craignez-vous donc rien ? continua la Carducha ; sur un simple soupçon, toute cette famille se lèvera contre vous, il lui faudra une réparation, elle ira vous la demander....

— Je pars demain. Où donc viendrait-elle me chercher ? répondit froidement l'Italien ; sais-tu seulement qui je suis, toi !...

Elle fronça les sourcils et répondit avec un amer dédain : —Le fils d'un pauvre *vetturino* des environs de Rome, un écolier sans sou ni maille, hantant les cabarets, et trop heureux de vivre aux dépens et sous le patronage d'un grand seigneur ; voilà ce que vous étiez, il y a vingt ans, à Salamanque. Aujourd'hui ? qui sait ! je ne répondrais pas que cette main que vous me tendez ne fût celle d'un assassin !...

Giulio fit un mouvement, puis il se prit à sourire d'un air de pitié.

— Je n'ai rien de tel sur la conscience, dit-il, peu ému de cette violente apostrophe ; je suis riche, honoré, puissant aujourd'hui.... Le pauvre écolier de Salamanque a fait son chemin...

— Eh bien ! alors, pourquoi refusez-vous d'épouser mademoiselle de Novès ?

— Je ne le peux pas.

— Vous êtes marié !...

— Non, non !... je jure sur mon honneur que non !...

— Une si belle et si douce créature !... Elle est comme les anges, Giulio, sans haine, sans mauvaises passions. C'était une pure et chaste madone devant laquelle tous les hommes eussent dû plier les genoux.... Votre amour maudit l'a souillée... Maintenant, dans cet abîme de honte et de malheur, jamais une plainte.... Elle ne vous maudit point, Giulio, elle prie, elle pleure... Ah ! je voudrais racheter cette nuit funeste avec tous les jours qui me restent à vivre !

— Il est tard, observa l'Italien en regardant les étoiles.

— N'allez-vous pas retourner au château ? Il secoua la tête.

— Demain, ici, au point du jour, reprit-elle, nous nous reverrons, Giulio !...

Il y avait dans son accent, dans son geste, une sorte de menace qui effraya l'Italien.

— Je me suis fié à toi, dit-il, aurais-je eu tort ? Les femmes sont de dangereux complices ; leur propre intérêt ne les arrête pas si elles ont au cœur une trahison.

— Vous n'en seriez capable, vous, que si votre intérêt s'y trouvait.

— C'est du moins une garantie....

— Et ma promesse, n'en est-elle pas une ? Je me tairai, sur tout ce qui s'est passé entre nous, Giulio ; mais....

— Ceci a l'air d'une menace....

— Demain, je vous l'expliquerai. Demain, ici, au point du jour.

— Tu viendras m'apporter....

— Oui. Que Dieu me pardonne et me soit en aide! dit-elle avec ferveur ; je vais commettre une action sacrilége, infâme, que la justice ecclésiastique et séculière punirait de la hart.... je vais violer une sépulture !

— L'intention fait tout, selon les casuites.

— Oui, je le crois ; et c'est pourquoi, je l'espère, Dieu me pardonnera.... A demain, Giulio...

Elle lui fit signe de ne pas la suivre et disparut comme une ombre entre les rochers.

IV.

La Carducha était arrivée la première au rendez-vous. Assise sur la pierre où Giulio l'avait attendue la veille, elle regardait avec une inquiète impatience si personne ne venait le long du sentier qui conduit à la fontaine. Bien que sa contenance fût calme, on sentait encore palpiter en elle les terribles émotions de la peur; elle était d'une pâleur effrayante, ses mains jointes et serrées tenaient un rosaire dont elle murmurait instinctivement les prières. De temps en temps elle regardait le ciel et respirait profondément, comme si elle eût éprouvé long-temps le besoin de se retrouver en plein air.

Les étoiles s'effaçaient dans l'azur du ciel, le crépuscule s'éclaircissait de moment en moment ; bientôt un sillon de lumière jaillit à la cime des sombres rochers de Vaucluse.

—Enfin voilà le jour, murmura la Carducha en se levant.

Elle se mit à genoux sur la pierre et pria : on sonnait l'*Angelus* à l'église du village ; ces sons graves et lents vibraient répétés par les échos et dominèrent un moment le bruit lointain de la fontaine et le murmure égal des eaux qui semblaient caresser en fuyant la rive gazonnée où s'éleva la maison de Pétrarque.

Un moment après, Giulio arrivait le long du sentier. Il se hâta en apercevant la Carducha ; elle l'attendait debout, sans faire un pas au-devant de lui.

—Eh bien ! dit-il en l'abordant avec une impatiente satisfaction ; tu as réussi, puisque tu es venue !...

—Oui, fit-elle froidement.

—Donne, donne, Paquita!... Tu es mon bon ange....

—Cette nuit, dit-elle en croisant les bras après avoir repoussé la main que tendait Giulio, cette nuit j'ai introduit furtivement les fossoyeurs dans la chapelle. Ces hommes s'étaient laissé gagner à la vue de tant d'or parce qu'ils sont pauvres, si pauvres que souvent ils n'ont pas de pain; mais ils tremblaient et priaient Dieu en commettant ce sacrilége. Tandis qu'ils travaillaient, moi je gardais l'entrée de la chapelle. Cela a duré long-temps, trois heures au moins... Croyez-vous qu'elles ne m'aient pas semblé autant d'années de purgatoire...Enfin, un de ces hommes m'a appelée, je suis venue; alors, à la lueur de sa lanterne, j'ai vu le visage de monsieur le baron sec, ridé, jaunâtre comme au jour de sa mort; puis entre ses mains jointes quelque chose de blanc.—Est-ce ceci? m'a dit le fossoyeur en soulevant un linge sanglant. — Non! — Et ceci? C'était un livre d'heures. —Non.—Et cette feuille de papier?... —Oui.... Alors je l'ai prise. Et les mains jointes du baron sont retombées. En ce moment les chiens ont hurlé dans la cour, le vent a poussé la porte ; j'ai cru voir le mort ouvrir les yeux et se dresser devant moi.... J'ai reculé jusqu'au seuil de la chapelle, mes cheveux se dressaient sur mon front, ma langue était liée, tout semblait vaciller autour de moi, je me sentais mourir ; mais je l'avais, ce papier !...

— Donne-le-moi, Paquita, donne-le-moi.. Si tu savais quel immense service !...

— Vous croyez donc que c'est pour vous, interrompit-elle avec ironie, que c'est pour satisfaire à votre volonté et servir votre ambition que j'ai passé la nuit dans ces terreurs, dans ces angoisses effroyables ?

— Eh ! pourquoi donc, ma Paquita ?

— Pour réparer, si c'est possible, la détestable action qui vous a livré mademoiselle de Novès. Vous ne vous êtes repenti de rien, vous, Giulio. Que vous importait ce que vous alliez laisser le lendemain derrière vous ! Mais moi !.. c'est un remords que j'ai dans l'âme et qui me

ronge. Il faut que vous sauviez l'honneur de
mademoiselle de Novès, Giulio.

— Je le voudrais au prix de mon sang; mais
que puis-je faire? rien, Paquita, rien... Tiens,
ajouta-t-il en lui donnant un petit sachet de
peau curieusement ouvragé et assez lourd,
prends ceci en souvenir de moi; c'est plus
que je ne t'avais promis : il y a un cœur en
rubis entouré de brillans qui vaut plus de
six cents écus...

— C'est le présent de noce, dit-elle en prenant le sachet.

— Non par Dieu, ma mignonne! Çà, donne
ce papier.

— Vous ne l'aurez que le jour de votre mariage avec mademoiselle de Novès, répondit-
elle résolument; voyez si vous le voulez à ce
prix....

— Veux-tu rire?... ce n'est pas le moment...

— Non, et vous savez bien, Giulio, qu'il faut
que vous épousiez mademoiselle de Novès;
il n'y a pas deux moyens de l'emmener, de
la sauver... Ce papier, d'où dépend pour vous

une si haute fortune, sera sadot... Décidez-
vous, Giulio...

Il haussa les épaules.

— Me marier ! fit-il; si tu savais comme
c'est impossible !... Mais dans quels soucis te
mets-tu, mon enfant ? Pourquoi me reproches-
tu avec tant de véhémence le malheur de
Laure ? Tu ne la hais donc pas comme les
femmes en général haïssent leurs rivales ?...
Tu ne m'aimes donc plus ?...

— Non, dit-elle, non ; le temps est passé où
une de vos paroles, un seul de vos regards
dominait toutes mes volontés. Autrefois
comme aujourd'hui, j'avais vu le fond de votre égoïsme, de votre âme sans foi, sans amour;
je vous connaissais bien, mais je vous aimais...
à présent je ne vous aime plus...

— Tu me hais peut-être ...

— Non, mais je défends contre vous mademoiselle de Novès, une jeune fille perdue par
vous qui m'avez perdue !.. Giulio, êtes-vous
décidé ?...

— Eh ! non !... de par tous les diables ! ne

me propose plus une telle condition?... Je ne peux pas épouser mademoiselle de Novès...

— Me direz-vous pourquoi?

— Donne-moi ce papier!.. dit-il en essayant de le saisir.

Elle recula en mettant une main sous son fichu de soie rouge.—Me direz-vous pourquoi? répéta-t-elle.

— Ne veux-tu pas me croire sans plus de paroles?

— Vous êtes marié! s'écria-t-elle le regard animé de colère et d'indignation.

— Non, par le sang de Dieu!

— Eh bien! alors?...

Il s'avança vers elle et, lui serrant le bras, il dit à voix basse : — Je suis prêtre!...

La Carducha frémit comme si un fer rouge l'eût touchée; puis blême, menaçante, la bouche serrée, elle murmura : — Infâme!...

— Donne-moi ce papier, dit Giulio presque suppliant. Elle recula jusqu'au bord de l'eau; il l'étreignit d'un bras puissant et s'empara de ses deux mains. — Donne, répéta-t-il.

Elle se débattit, un papier s'échappa des plis de son fichu et tomba sur l'herbe; par un mouvement aussi prompt que le regard, elle le releva du pied et le lança dans la Sorgue. Le papier tourbillonna quelques secondes au-dessus de l'eau, puis, emporté dans un flot d'écume, il disparut.

Giulio proféra une horrible malédiction.

— Va le chercher maintenant! dit la Carducha avec une espèce d'éclat de rire.

Il y eut un long silence; l'Italien, l'œil ardent de dépit et de menace, regardait la Carducha, qui ne baissait pas la vue devant lui. Mais il n'y avait point de cruauté dans cet homme, et l'un des traits distinctifs de son caractère, c'était de prendre très-promptement son parti d'un fait accompli. Revenant bientôt à son sang-froid habituel, il lâcha les mains de la Carducha et lui dit avec autorité : — Retourne là-haut, et sur ta vie n'essaie pas de me suivre. Oublie tout ce qui s'est passé et ne parle jamais de moi. Nous nous sommes vus pour la dernière fois...

Il s'éloigna, et la Carducha n'essaya pas de le retenir ; elle remonta lentement au château et alla retrouver mademoiselle de Novès.

V.

Le même jour, dans la matinée, la Carducha descendit au village. Il y avait du monde devant l'hôtellerie. On faisait cercle autour d'un garnement fort mal couvert, qui criait en défendant un livre de maroquin rouge que l'hôte voulait lui ôter :

—La chose est à moi, vu que je l'ai trouvée...

— Trouvée dans ma maison...

— Près du montoir de pierre... c'est dehors...

— C'est dedans.

—C'est sur le pas de la porte, dedans et dehors, observa une commère.

—Il faut partager le différend : à chacun la moitié du livret.

—Ouais! bon pour celui qui aura les feuilles blanches! Qui sait ce qu'on a écrit là-dedans? Ce ne sont pas des oraisons peut-être...

—Il faut voir, dit l'hôte en tenant le livret du haut en bas.

—Qu'est-ce que cela, maître Tony? dit la Carducha en s'approchant.

—Tiens, vous qui savez lire, *mise* Carducha, voyez un peu.

Elle prit le livret et vit, avec un violent battement de cœur, que sur la première page on avait écrit en lettres dorées : *Giulio de M*. Puis feuilletant au hasard elle trouva des chiffres, des phrases sans suite, des bouts-rimés en français, des chansons en italien; mais, dans ce pêle-mêle, pas un nom, pas une adresse, pas une seule indication.

—Maître Tony, dit la Carducha d'un air indifférent; ceci vaut bien douze sous, qui se-

ront faciles à partager : je vous les donne si
vous voulez.

— C'est dit. Argent comptant.

— Dépêchez-vous, dit le garnement en avançant la main : si ce seigneur auquel j'ai tenu
l'étrier allait revenir !...

— Ah ! drôle, interrompit l'hôte, tu l'as
donc volé ? Je confisque l'argent pour en faire
restitution, si le voyageur retourne d'ici à
dix ans dans mon hôtellerie.

— Il est parti ! dit la Carducha en se laissant aller, triste et découragée, sur une esca-
belle que l'hôte lui avançait gracieusement.

— Parti ! qui, *mise* Carducha ?

— Un voyageur arrivé d'hier.

— Avec deux carrosses et ses gens ? Des
gaillards qui faisaient claquer leur fouet ; ils
baragouinaient entre eux un jargon. Ce sont
des étrangers, et même très-riches, je veux
dire le maître : les autres n'étaient que des
valets ; ils ont payé un dîner qu'ils n'ont pas
mangé, ayant repris la route d'Avignon une
demi-heure après leur arrivée.

— Ce n'est pas de ces gens-là que je vous parle ; c'est d'un étranger qui a dû partir ce matin.

— Justement, c'est cela même ; le maître, un seigneur de bonne mine qui a couché dans ma maison cette nuit. Il avait renvoyé son monde : si c'était pour faire tout seul sa promenade à la fontaine, il aurait bien pu laisser ici ses gens ; ils n'auraient pas quitté mon vin pour aller boire l'eau de la Sorgue. Je ne comprends pas cette fantaisie d'aller par là-haut, entre les rochers, voir couler la rivière ! Elle est bien plus belle ici. Il n'y a que ces hommes qu'on appelle des poëtes qui puissent se complaire au milieu de ces tas de pierres où il ne pousse pas de quoi faire brouter une chèvre. Le voyageur en question ne peut être qu'un de ces poëtes.

— N'a-t-il laissé aucun message pour le château ? interrompit la Carducha.

— Eh ! si, vous m'en faites souvenir ; deux grandes lettres : les voici.

— Donnez. Maître Tony, vous n'avez donc

pas été curieux de savoir qui était cet étranger, d'où il venait, où il allait? Vous n'avez donc rien demandé? Vous perdez vos bonnes habitudes, maître Tony.

— Eh! eh! ça n'est pas facile de s'entendre avec ces gens-ci. Quand je leur demandais d'un air agréable et avec toute discrétion, comme on doit le faire dans notre état : Combien y a-t-il de temps que vous êtes en route, messeigneurs? venez-vous de près? allez-vous loin? comment s'appelle votre maître? Ils me répondaient dans leur jargon, et je ne comprenais rien du tout. Le maître parle beaucoup mieux qu'eux, mais il est boutonné jusqu'au menton; d'ailleurs le respect..... Bref, je ne sais rien du tout, si ce n'est que j'ai eu cette nuit dans ma maison un riche et très-généreux seigneur; car, après m'avoir payé, il a encore donné un petit écu pour boire, un petit écu, *mise* Carducha! cela ne se voit pas souvent. Je voudrais bien savoir qui est ce gentilhomme.

— Je l'avais déjà vu quelque part, moi, interrompit le garnement.

— Où donc?

— Je vous le dirai si vous me donnez tout mon dû, six sous que vous me retenez.

— Les voilà, fit la Carducha en les lui jetant.

— Merci! Eh bien, j'ai vu ce seigneur à Avignon; il allait à Notre-Dame-des-Doms porté dans une belle chaise, et on m'a dit que c'était monseigneur le vice-légat.

— Est-il possible? s'écria l'hôte. Si j'avais su, je lui aurais demandé la remise des deux dernières amendes que je suis condamné à payer.

La Carducha haussa les épaules.

— Tu as voulu gagner les six sous, dit-elle; ce seigneur ne ressemble de près ni de loin au vice-légat. Vous dites qu'il est reparti ce matin, maître Tony?

— Ce matin, vers les sept heures, sur un bon cheval à lui; il doit être près d'Avignon maintenant.

— Et c'est en partant qu'il vous a donné ces lettres?

. — C'est en partant, mais il les écrivit hier au soir. J'allai chercher tout exprès deux feuilles de papier blanc chez M. le curé.

— Bonjour, maître Tony; je retourne là-haut pour porter ceci.

— Que Dieu vous accompagne !... Revenez bientôt nous voir.

Elle s'éloignait; l'hôte courut après elle.

— *Mise* Carducha, dit-il, j'ai oublié de vous dire que voici encore demain une bonne aubaine pour mon hôtellerie; mais, vous le savez peut-être déjà : M. le comte de Bormes arrive; il ne couchera pas au château, car j'ai ordre de préparer ma grande chambre... C'est la seule, et, ma foi, l'étranger a bien fait de repartir : il aurait été obligé de partager son gîte avec M. le comte.

La Carducha répondit froidement :

— C'est bien. Sans doute on sait déjà là-haut l'arrivée de M. le comte?

— Et à quand la noce?

— Je n'en sais rien.

— Ce mariage-là ne me paraît pas écrit au ciel, *mise* Carducha.

— Pourquoi?

— Parce que la dame de Vaucluse, mademoiselle de Novès, me semble plus près de son enterrement que de sa noce.

— Que Dieu nous assiste! nous sommes tous sous sa main s'il lui plaît de nous appeler, fit la Carducha en se signant.

Quand elle rentra au château, tout le monde était à la chapelle où un pauvre prêtre voyageur disait la messe. La Carducha attendit dehors. Les lettres qu'elle apportait lui pesaient dans la main; elle n'avait pas une lueur d'espoir, mais elle voulait promptement savoir quels étaient les adieux de cet homme : elle se reprochait de l'avoir laissé partir. Il lui semblait maintenant qu'elle aurait pu le contraindre à rester ; puis elle se souvenait de ses refus, de ses aveux. Prêtre! murmurait-elle, prêtre! c'est impossible ; il m'a trompée! Mais je le retrouverai... je l'ai bien

retrouvé une fois déjà sans le chercher. Je
recommencerai ma vie vagabonde; j'irai à
Rome, à Paris, partout où je croirai le rencontrer. Ah! il ne sait pas tout ce que je
suis capable de faire pour accomplir l'œuvre
à laquelle je me suis dévouée.

Quand madame de Sault, mademoiselle de
Novès et le chevalier des Gravaux furent
remontés dans la salle, la Carducha se présenta ses lettres à la main.

— C'est de la part du seigneur Giulio de
Mazara, dit-elle en se rapprochant de Laure
qui s'arrêtait tremblante à ce nom. Le chevalier mit ses lunettes.

— Oh! oh! fit-il, une lettre d'adieu toute
pleine de protestations, de grands compli-
ments, d'hyperboles, comme les Italiens
en fourrent partout. Il y en a là autant
pour vous sans doute, madame la comtesse;
ceci est à votre adresse. Mademoiselle de
Novès, il y a aussi quelque chose qui vous
regarde : M. de Mazara vous présente son
respect.

— M. de Mazara! interrompit-elle; ne l'attendiez-vous pas aujourd'hui encore?

— Oui, mais il est parti.

Mademoiselle de Novès s'affaissa sur elle-même comme si une lame acérée l'eût touchée au cœur; son visage se couvrit d'une pâleur livide, ses yeux se fermèrent, il sembla qu'elle allait mourir...

— Ah! mon Dieu! elle tombe en pamoison, s'écria des Gravaux; que veut dire tout ceci?...

La comtesse avait couru à mademoiselle de Novès, et disait avec emportement: — Elle mourra!.... c'est vous qui l'aurez tuée. On tourmente, on contraint ses volontés, on la donne par force à un homme qu'elle hait, lorsque peut-être... Monsieur des Gravaux, êtes-vous sûr qu'elle n'en aime pas un autre?

— Heureusement il est parti! fit-il avec satisfaction; il ne reviendra plus! Tout ceci passera: le temps est un souverain remède à toute peine d'esprit.

Cependant la Carducha, après avoir fait

comme un rempart de son corps à mademoiselle de Novès pour que personne ne pût
en approcher, la souleva d'un bras vigou-
reux, et l'emporta dans sa chambre, où
bientôt on les laissa seules.

VI.

Quelques jours plus tard, mademoiselle de
Novès était assise dans sa chambre, devant
une magnifique toilette couverte de dentelles
et de bijoux. Des pièces d'orfèvrerie, de riches étoffes, étaient éparpillées sur tous les
meubles de ce gothique appartement : on eût
dit le trousseau d'une princesse étalé dans la
chambre où la Belle au Bois dormant venait
de s'éveiller au bout de cent ans. A voir Laure
de Novès, on l'eût prise aussi pour la princesse enchantée : elle était là toute vêtue
de noir, les yeux à demi fermés, les mains

jointes; la Carducha, agenouillée à ses pieds
sur un tapis de Flandre, la regardait avec une
inquiète sollicitude.

Tout-à-coup elles frémirent toutes deux :
des pas d'hommes et de chevaux battaient
bruyamment les pavés de la grande cour, et
la voix criarde du chevalier des Gravaux dominait à grand'peine ce tumulte.

— C'est monsieur le comte qui arrive! dit
la Carducha, mon Dieu!...

Puis, jetant autour d'elle un regard consterné, elle ajouta : — C'en est fait, tout, se
prépare pour votre mariage. Vous avez laissé
faire monsieur des Gravaux....

— Mon mariage!... il ne s'accomplira pas
pourtant, répondit-elle avec une sombre résolution.

— Mais c'est après-demain, mademoiselle;
déjà madame de Sault est partie, vous êtes
seule ici pour résister à la volonté de tous. Quarante lettres d'invitation ont été envoyées;
après-demain, tous ceux qui, de près ou de
loin, appartiennent à votre famille seront ici...

A quelle extrémité vous vous êtes laissée ré-
duire....

— Qu'importe !... J'en sortirai....

— Mais le temps ne vous manque-t-il pas
maintenant ?... Que voulez-vous faire ?... je ne
vois qu'un moyen, un seul....

— Lequel ?

— C'est de vous jeter aux pieds de monsieur de Bormes, de tout lui dire. Il a l'âme
bonne et généreuse, il est homme d'honneur,
il prendra sur lui la rupture de votre mariage,
il vous gardera un secret inviolable.

— Et ensuite ? où irai-je ? Madame de Sault
et monsieur des Gravaux me laisseront-ils
partir ?.... Et dans quel lieu, hélas ! pour-
rais-je me cacher ?....

— Tous deux vous aiment ; ils vous pardon-
neront....

— Jamais, interrompit mademoiselle de Novès, jamais ! il faut que le secret de ma honte
meure avec moi !... Avouer mon malheur !...
Mais ne sais-tu pas que je préfère perdre ma
vie et le salut de mon âme !... Mais Dieu est

miséricordieux! crois-tu que ce soit un si grand
et irrémissible péché de disposer des jours qui
nous restent quand ils doivent être souillés d'un
public déshonneur? Crois-tu que je serai damnée pour avoir sauvé la bonne renommée qui,
durant dix générations, n'a jamais failli aux
femmes de notre famille?... Crois-tu qu'en ce
terrible et dernier moment un acte de contri-
tion ne me sauvera pas?... Si près de la mort
ces doutes m'accablent!... Hélas! qui m'éclairera? Dieu s'est retiré de moi; je ne le prie
qu'avec des cris de désespoir.... Depuis long-
temps je n'ai osé accomplir les devoirs de ma
religion; je vis comme une huguenote sans
confession, sans communion.... la crainte de
commettre un sacrilége m'a retenue.... Oh!
le purgatoire me semblera doux après de tel-
les souffrances!... Mais l'enfer, mon Dieu!...
l'enfer!... ne m'y condamnez point pour avoir
mieux aimé mon honneur que ma vie! Je
vais à vous avant l'heure où vous m'appelle rez
non pour ne plus souffrir le châtiment que
m'impose votre volonté, mais pour emporter

dans la tombe ma renommée tout entière!...

Tandis qu'elle parlait ainsi, une morne exaltation animait son regard levé au ciel, elle serrait ses mains jointes sur sa poitrine; on sentait que le courage ne lui manquerait pas pour accomplir sa terrible résolution....

— Sainte mère du Christ! s'écria la Carducha; quel miracle la sauvera!...

— Je n'espère plus qu'en la mort!

— Hélas! la mort!... Non, elle ne sauverait pas l'honneur!... on soupçonnerait, on verrait!...

— On ne retrouvera pas mon corps, dit froidement mademoiselle de Novès. As-tu vu quelquefois les feuilles que le vent détache du figuier tomber dans les eaux de la fontaine : elles tourbillonnent un moment, puis elles disparaissent dans le gouffre; jamais aucune n'a surnagé....

La Carducha baissa la tête dans un muet et sombre désespoir, des larmes brûlantes tombaient le long de ses joues; mademoiselle de Novès ne pleurait plus.

— Tu as été fidèle et bonne pour moi, dit-elle avec résignation ; toi seule as vu mon cœur et la plaie qui le ronge : que ce fatal secret meure avec toi. Tu me le jures ?...

La Carducha embrassa ses genoux en sanglotant : — M'avez-vous pardonné ? s'écriat-elle ; c'est moi qui avais fermé cette porte !...

— Tu ne savais pas qu'il y allait de l'honneur et du salut éternel d'une pauvre fille, répondit mademoiselle de Novès avec l'humilité et la douceur d'un ange. Quand je serai morte, prie et fais dire des messes pour le repos de mon âme; cette bonne œuvre abrégera peut-être mon purgatoire. Va trouver madame de Sault, console-la.... elle m'a aimée !... moins qu'elle ne haïssait le comte de Bormes, peut-être.... Il ne restera nul remords à personne de cette mort qu'on croira involontaire. Quelque jour pourtant, s'il revient ici, s'il demande où est la comtesse de Bormes, crois-tu qu'il n'aura pas un remords quand on lui dira qu'elle est morte la veille de ses noces ?... Oh ! s'il m'avait aimée, s'il avait eu pitié de moi, je

ne serais pas maintenant en face de la mort.
Mais il est parti, il m'a abandonnée!...

La Carducha écoutait ces paroles avec des
pleurs silencieux; elle retenait mademoiselle
de Novès par ses vêtemens comme si elle eût
craint qu'elle lui échappât pour accomplir son
fatal dessein. Une idée lui vint, il lui sembla
qu'une chance de salut restait encore et que
mademoiselle de Novès pourrait l'accepter :
c'était un projet hardi, de difficile exécution;
mais il sauvait la vie.

Un léger coup frappé à la porte fit tressaillir
mademoiselle de Novès; elle reprit promptement cette attitude immobile, accablée, qu'on
lui voyait depuis quelque temps ; la Carducha
essuya ses yeux et alla ouvrir.

— C'est moi, ce n'est que moi, dit des Gravaux tout rayonnant; je viens prendre vos ordres, ma belle cousine. Le comte arrive d'A-
vignon en ce moment; il vous apporte les plus
merveilleux cadeaux que l'on ait jamais of-
ferts à une nouvelle mariée : tout ce qu'il avait
déjà envoyé n'est rien en comparaison. Vous

plaît-il que l'on mette tout cela dans votre chambre ?

—Comme vous voudrez, monsieur, répondit-elle en essayant de sourire.

—Le comte va venir vous saluer; si vous préfériez descendre dans la salle?...

—Non, monsieur, je le recevrai ici, s'il lui plaît.

—Bien! je vais vous l'amener.

—Quel supplice! murmura mademoiselle de Novès.

—Courage! Dieu m'a inspiré une bonne pensée, dit rapidement la Carducha, courage!... demain tout ceci peut être fini....

—Oui demain! fit mademoiselle de Novès en serrant ses mains jointes sur son front, demain je serai morte!...

Le comte entra conduit par des Gravaux; il avait l'air heureux et empressé d'un homme qui arrive après de grands obstacles au but de tous ses vœux. Il ne s'effrayait point de la tristesse et de l'apathie profonde où était plongée mademoiselle de Novès; dans la généro-

sité de son cœur, dans le dévouement infini de
son amour, il lui pardonnait volontiers cette
indifférence dont un autre à sa place eût été
blessé. Il s'assit à côté de sa fiancée, et usant
du droit que lui donnait le titre si prochain
d'époux, il osa effleurer avec sa bouche la
main blanche et glacée qui tremblait dans la
sienne.

— Mademoiselle, dit-il avec effusion, combien je suis heureux!... Il ne manque à mon
bonheur que de trouver en vous un peu
plus de joie et de contentement; mais vous
êtes triste, toujours triste... Je comprends
que l'absence de madame de Sault vous af-
flige... Dites-moi par quelles soumissions je
pourrais l'apaiser; rien ne me coûtera dès
qu'il s'agit d'une personne que vous aimez
et de votre satisfaction. Mon amour n'est
pas égoïste; il ne sera pleinement satisfait
que quand vous serez heureuse.

Mademoiselle de Novès regarda le comte
et lui sourit avec une indicible expression
de reconnaissance. Au moment de briser par

une si terrible résolution ce lien qu'il voyait
si proche, elle eut pitié du désespoir où il
resterait plongé. Quoique sa propre situation
fût si affreuse, elle s'émut du malheur de
cet homme qui, avec tant d'espoir et d'a-
mour au cœur, la voyait en ce moment pour
la dernière fois. Elle avait trop aimé, trop
cruellement souffert, pour ne pas sentir quel
coup allait le frapper au cœur. Ce fut donc
d'une voix pleine d'émotion, avec un remords, peut-être un regret, qu'elle lui dit :

— Vous êtes bon, monsieur! Oh! comment vous payer de toutes vos intentions!
Que Dieu vous rende le bonheur que vous
voulez me donner!

— C'est bien, c'est bien, fit des Gravaux
en se frottant les mains. Viens, la Carducha,
laissons-les ensemble; il n'y a qu'un moment
pour tous ces jolis propos d'amoureux, c'est
à la veille du mariage. Mais qu'as-tu donc,
ma fille? tu es là toute sotte, toute blême...
Gai! nous sommes de noce; je veux que tu
danses une sarabande avec moi dans la grande

cour : tout le village y sera. Point de bonne fête
au château sans les manans d'en bas ! On peint
déjà les armoiries et devises dans la grande
salle ; deux écus accolés, sur l'un les chaî-
nettes d'argent en champ d'azur, sur l'autre
le lion de gueules en champ d'or, Bormes et
Cadenet, de beaux noms et de belles armoiries !... Que Dieu donne des héritiers à ces
deux nobles souches ! Viens, allons là-bas...

— Mademoiselle m'a commandé de rester
ici.

— Plaît-il ? Es-tu donc là d'office comme
ces duègnes espagnoles, véritables ombres
de leurs maîtresses ? Viens çà du moins....

Il l'amena vers la fenêtre, et prit plaisir à
lui montrer tous les apprêts qu'on faisait
dans la cour.

— Vois-tu ? dit-il ; comme les carrosses ne
peuvent pas monter jusqu'ici, madame la
comtesse de Bormes s'en ira dans cette chaise
qu'on vient de mettre dans le vestibule ;
elle est doublée de velours cramoisi, avec
de grands panneaux dorés et des glaces sur

le côté : les porteurs sont à la livrée du comte ; on ne peut rien voir de plus galant. On va mettre de grands pots à feu tout le long de la muraille ; cela fera une merveilleuse illumination. Regarde là-bas, devant le guichet, ce tas de rameaux, ces branches de pin, de lierre, de laurier ; c'est pour faire de verdoyantes guirlandes. On n'aura pas vu depuis long-temps de si belles noces, la Carducha ! dans dix ans on en parlera encore.

M. de Bormes entretenait tout bas sa fiancée ; il la contemplait dans la joie et l'orgueil de son bonheur : elle sortait peu à peu de son attitude morne et pensive ; une singulière exaltation animait son regard, et donnait à sa voix de plus doux accens ; elle se sentait une profonde reconnaissance pour cet homme qui voulait lui faire une vie si belle, si heureuse. Jamais elle n'avait compris l'amour et le dévouement du comte comme en ce moment, où elle se voyait si misérable et si abandonnée. Peut-être un regret lui vint-il ;

peut-être comprit-elle que, si personne ne
s'était mis entre elle et M. de Bormes, elle
aurait pu l'aimer.

— Le soleil baisse, dit des Gravaux toujours appuyé sur la fenêtre, voici qu'il se
fait tard : rien n'est encore fini là-bas. Par
saint Rieul! je vais bâtonner ces marauds!...
ils n'ont pas arrangé à moitié les trophées,
devises et rébus que j'ai imaginés pour orner
les murs de la grande salle. Il serait à propos
d'y donner un coup d'œil. Je m'oublie près
de toi, la Carducha, quoique véritablement
tu sois aujourd'hui de mauvaise et peu com-
plaisante humeur. Çà, vois-tu dans le ciel
quelque mauvais présage, que tu y regardes
d'un air si consterné?

— Je n'y vois rien, dit-elle : le soleil est
presque à son couchant; mais les étoiles ne
luisent pas encore.

— Ma belle cousine, dit des Gravaux en
s'avançant, descendrez-vous dans la salle pour
souper?

— Oui, monsieur.

— Ah ! c'est une satisfaction que je devrai à la présence de M. le comte. Depuis dix jours vous n'avez bougé de cette chambre : cette vie de recluse ne vaut rien aux jeunes filles ; les belles couleurs roses de leurs joues se fanent à l'ombre. Ne voulez-vous pas venir voir maintenant comment on a orné la salle et la chapelle ?

— Pas à présent, monsieur, répondit-elle avec calme ; il m'a pris envie de faire une promenade : je veux aller dehors, là-bas, au village peut-être....

— Du côté de la fontaine, comme vous y alliez tous les jours il y a un mois ? Nous vous accompagnerons.

Elle ne répondit rien.

— Peut-être mademoiselle aime mieux aller seule, se hâta de dire le comte ; on désire parfois un peu de solitude et de liberté : ne soyons pas importuns.

Laure le remercia d'un triste sourire.

— Alors, dit des Gravaux, la Carducha vous suivra, ma belle cousine ; je vous en prie, n'allez pas jusqu'au gouffre, et ne vous amusez pas à courir sur ces roches glissantes. Vous m'avez fait, il y a quelque temps, une peur effroyable en quittant le sentier. Savez-vous qu'il y va de la vie dans ces jeux-là?

Elle se prit à rire et secoua la tête d'un air incrédule; mais son front se couvrit de pâleur, et une moiteur légère se répandit sur sa lèvre tremblante.

— A ce soir, à bientôt, mademoiselle! dit le comte en la saluant.

Elle lui tendit ses deux mains par un mouvement instinctif; c'était son adieu, son éternel adieu!

— Que vous me rendez heureux! s'écria-t-il en les baisant presque à genoux.

Des Gravaux cligna l'œil en regardant la Carducha, et se frotta les mains.

— Bonne promenade! fit-il en passant son bras sous celui du comte; puis, en sortant, il lui dit : — Vous voyez, toute sa mauvaise volonté venait de madame de Sault; il fallait passer outre. Vous ai-je bien conseillé?

VII.

Mademoiselle de Novès resta un moment debout et immobile au milieu de sa chambre ; puis elle dit, en levant au ciel un regard sombre et résigné : — Allons !

Alors la Carducha se jeta à ses pieds en s'écriant : — Mademoiselle, au nom du Ciel, de votre salut éternel, ne persévérez pas dans cette résolution ! il y a un moyen pour sauver votre vie et votre âme....

— L'honneur, l'honneur avant ma vie et mon salut ! interrompit mademoiselle de Novès.

— L'honneur aussi sera sauvé. Que Dieu m'inspire! qu'il nous protége!... Il faut partir, il faut fuir, mademoiselle.

— Partir! et où aller pour qu'on ne nous retrouve pas?

— Vous resterez cachée d'abord chez une femme que je connais à Avignon; puis nous nous en irons plus loin, où Dieu voudra....

— Mais je serai déshonorée par ma fuite. Et si l'on nous rejoignait?...

— Non, non, car vous serez morte pour le comte, pour votre famille, morte au monde... Vous ne reviendrez pas ce soir de la fontaine, et votre mante, laissée au bord du gouffre... Me comprenez-vous?... Mademoiselle, les momens sont comptés; c'est à présent qu'il faut partir.... Oh! ne balancez pas.

Mademoiselle de Novès semblait frappée d'un muet délire : elle joignait les mains et levait les yeux au ciel avec terreur; sa bouche n'articulait que des sons confus : on sentait lutter en elle la douleur de vivre et la frayeur

de mourir. Enfin l'instinct de la conservation
l'emporta, elle se jeta en pleurant dans les
bras de la Carducha : la fermeté qui jusque-
là avait soutenu sa résolution l'abandonnait
au moment où elle voyait une porte de salut.

— Oui, emmène-moi, s'écria-t-elle; j'ai
peur, j'ai peur de la mort! Je me fie à toi, je
me laisse conduire : c'est mon honneur, c'est
ma vie que je mets en tes mains !...

— Je les sauverai ! s'écria la Carducha.

Elles restèrent un moment les mains jointes,
se regardant avec des pleurs silencieux : la
distance qui les séparait venait d'être com-
blée ; la noble demoiselle et la pauvre Bohémienne étaient égales ; elles unissaient leur
sort par le plus étroit lien, par la complicité
d'une action qui les jetait au dehors de leur
position sociale, qui leur ouvrait une nouvelle vie semée d'obstacles, de misères et de
dangers. Elles tremblaient au moment d'accomplir une si soudaine et périlleuse résolution.

La Carducha surmonta la première ces

douloureuses frayeurs; elle calcula rapidement ses moyens et ses ressources.

— J'ai de l'argent, dit-elle, environ vingt louis et un diamant entouré de rubis qui vaut cinq cents écus. Nous ne pouvons rien emporter que les vêtemens que nous avons sur le corps; mais à Avignon j'achèterai de quoi vous vêtir. Il faudra gagner Paris; c'est l'endroit où vous serez le plus en sûreté dans tout le royaume.... Allons.... il n'y a pas deux moyens pour sortir de l'affreuse situation où vous êtes.... et le moment est venu....

Mademoiselle de Novès regarda autour d'elle avec une sorte d'égarement. Cette séparation violente, cette fuite, cette disparition qui allait rayer réellement sa place entre les vivans, frappaient son esprit d'une douleur profonde. Elle songea aux angoisses de tous ceux qui l'aimaient, au deuil qu'on porterait si tôt pour elle; peut-être en ce suprême moment lui sembla-t-il encore que sa vie ne valait pas assez pour être ainsi rachetée. Mais les idées pieuses dans lesquelles on avait élevé son en-

fance reprirent bientôt leur empire et lui in-
spirèrent un nouveau courage.

— Adieu! s'écria-t-elle en se jetant à genoux, adieu, tous ceux qui m'ont aimée! adieu,
tout ce que je suis!... adieu, tous les tendres
soins qui m'environnèrent dès mon enfance!...
Oh! pourquoi ne suis-je pas couchée là-bas
dans les caveaux, à côté de mon second père!...
Oh! Giulio, Giulio! si tu m'avais prise en pitié! si tu m'avais tuée quand je te demandais
grâce à genoux!...

— Venez, au nom du Ciel, venez! dit la Carducha en la relevant; il ne nous reste que deux
heures....

Elle lui jeta une mante noire sur les épaules, et l'entraîna. Le château était plein de
monde; dans les escaliers, dans les salles, dans
les cours intérieures, on travaillait aux apprêts
des plus brillantes noces qui eussent été célé-
brées depuis long-temps dans tout le comté
de Provence. Chacun se rangeait chapeau bas
en voyant venir mademoiselle de Novès; elle
passa devant tous appuyée sur le bras de la

Carducha et sortit du château sans tourner la tête.

Elles descendirent rapidement le raide sentier; quelques manans du village les rencontrèrent.

—C'est mademoiselle de Novès, dit l'un; où va-t-elle ainsi tout habillée de noir comme pour un enterrement?

—C'est une pieuse et charitable demoiselle, fit un autre; elle va voir peut-être monsieur le curé et lui porter de l'argent pour les pauvres.

—Non, la voilà qui remonte du côté de la fontaine. Sainte Vierge! on ne me ferait pas aller par-là vers la tombée de la nuit pour tout ce que mes yeux me montrent!

—Il fait déjà sombre au fond du vallon et on n'y rencontre pas âme qui vive.

—On dit que les eaux ont monté.

—Oui, pendant la dernière nuit; j'y suis allé pour voir, mais la tête m'a tourné. Les eaux font un bruit terrible; près du gouffre on n'entendrait pas le carillon de Notre-Dame-des-Doms.

— J'ai regret de n'avoir pas parlé à mademoiselle de Novès; sauf le respect que je lui dois, je lui aurais conseillé d'aller d'un autre côté.

Le soleil disparaissait à l'horizon lorsque mademoiselle de Novès et la Carducha arrivèrent à la fontaine ; il faisait déjà nuit dans ce lieu, sur lequel des rochers à pic jettent une ombre éternelle; les eaux roulaient avec un tumulte épouvantable, et couvraient d'une écume pareille à la neige les rochers qui barrent le lit de la Sorgue. Dans ce chaos où l'œil ne saisissait ni formes ni couleurs, tout était blanc et noir comme un vêtement de deuil.

Sans dire une parole, la Carducha prit la mante de mademoiselle de Novès et la jeta au bord du gouffre; elle resta suspendue à la pointe d'une roche.

Laure étendit les mains comme si elle fût tombée elle-même; un faible cri sortit de sa bouche et se perdit dans le bruit retentissant des eaux. La Carducha détacha son mouchoir rouge et l'abandonna au courant; il surnagea et disparut emporté par les ondes qui bientôt le laissèrent sur un de ces rochers qui lèvent leur tête noirâtre au-dessus des flots écumans.

—Maintenant, à la garde de Dieu! fit la Carducha; allons!...

Elles gagnèrent par un sentier difficile les cimes des rochers qui bordent la rive droite. Mademoiselle de Novès se laissait entraîner sans proférer une seule parole; elle avançait machinalement, la tête perdue, le corps brisé de fatigue, mais soutenue par la plus puissante de toutes les impulsions, celle d'une inévitable nécessité.

Ces lieux étaient parfaitement solitaires; on n'apercevait nulle trace d'habitation sur le plateau qui domine la vallée. Le terrain était coupé de ravins profonds, le long desquels croissaient le genêt et le lentisque; le vent sifflait tristement entre leurs grêles rameaux; on n'entendait aucun bruit, aucune voix humaine; la nuit arrivait sombre, sans étoiles, d'épais nuages s'amassaient au ciel.

La Carducha conduisit mademoiselle de Novès à l'abri d'un rocher qui présentait à sa base une cavité peu profonde. Les pâtres qui menaient pendant l'été leurs troupeaux sur ces montagnes, avaient creusé cette espèce de grotte et jeté quelques broussailles sur le sol.

— Reposez-vous un peu ici, dit la Carducha en faisant asseoir mademoiselle de Novès et en se dépouillant d'une partie de ses vêtemens pour l'en couvrir; vous tremblez, vous avez froid....

— J'ai peur!... répondit-elle à voix basse. Oh! mon Dieu, qu'allons-nous devenir?...

La Carducha avait une de ces âmes fortes dont l'énergie grandit à proportion des difficultés et du danger. Elle était calme et résolue maintenant; sans s'effrayer de l'immense responsabilité qui pesait sur elle, sans regret du parti pris, elle calculait ses chances de salut.

— Au nom de Dieu, prenez courage! dit-elle en réchauffant dans ses mains les mains froides de mademoiselle de Novès; il nous faut marcher toute la nuit pour gagner Avignon. Là, vous serez tranquille et à l'abri du mauvais hasard d'une rencontre. Personne ne vous connaît et on ne vous cherchera pas. Ensuite, nous irons plus loin. Ne pleurez pas ainsi! vous me brisez le cœur.

— Seule!... abandonnée! morte au monde, à ma famille, à mon nom!... s'écria mademoiselle de Novès avec un profond désespoir.

Elle se rejeta en arrière et frappa sa tête contre le rocher en poussant des cris plaintifs. La Carducha pleurait, pénétrée d'une douloureuse pitié.

— Pauvre enfant! pauvre enfant! dit-elle en la prenant dans ses bras; oui, l'infâme t'a tout ravi, ton repos, ton bonheur, ta famille, ton nom!... Il ne te reste que moi maintenant en ce monde.... je jure de te dévouer ma vie, de te protéger, de te servir!... je travaillerai pour te faire vivre, je te donnerai tout ce que j'ai, tout ce que je suis; tu deviens ma fille, et jamais amour de mère n'inspira un plus entier dévouement!...

— Ah! tu ne m'abandonneras jamais, toi! s'écria Laure en lui serrant les mains; mais

comment as-tu été si compatissante et si généreuse pour moi?... Qui t'a donc inspiré de
joindre ton sort à mon malheureux sort?...

— C'est Dieu : il n'a pas voulu vous laisser
en ce monde sans ce pauvre et débile appui ;
il m'a mis au cœur de vous aider, de vous
servir, de vous sauver. Cette nouvelle vie dans
laquelle vous entrez sera peut-être consolée
par lui ; il vous rendra ce qu'il vous a ôté...

— Que sa miséricorde me fasse mourir
bientôt ! je ne lui demande que le temps
d'expier cette unique faute.... Hélas ! ne l'ai-je
pas déjà rachetée par tant de remords et d'angoisses?...

— Que cette faute soit sur la conscience
d'un autre plus coupable !

— Que Dieu lui pardonne aussi ! Oh ! si je
pouvais le revoir encore une fois avant de
mourir !...

— Vous le reverrez. Je le retrouverai, moi,
cet homme qui vous a lâchement abandonnée,
je le retrouverai... Un indice me suffit ; grâce
au Ciel, il est là....

Elle fit toucher à mademoiselle de Novès le livret rouge qui était dans sa poche.

—Là, reprit-elle, j'ai trouvé, sur un chiffon, de papier tombé entre deux feuillets le nom d'une rue, près du Louvre, et le nom d'une dame.., Oh! il n'en fallait pas tant pour me mettre sur la trace du signor Giulio de Mazara.

— Je puis donc espérer de le revoir, mon Dieu! dit Laure de Novès en joignant les mains.... Oh! partons! j'ai du courage à présent.

Elles se levèrent. La nuit était obscure; un épais brouillard s'élevait du fond des vallées, et à l'horizon la forme indécise des montagnes se perdait dans de sombres nuages. L'œil se fatiguait en vain à reconnaître quelque chose dans ce chaos. Tout-à-coup des clartés éloignées parurent à travers la brume; elles couraient le long des rochers, de l'autre côté du vallon; peu à peu elles se dispersèrent; les unes allaient vers le village, d'autres en plus grand nombre remontaient vers la fontaine. Une soudaine clameur s'éleva ; puis une voix cria seule : — Laure, Laure !!!...

Laure ! répéta l'écho de Vaucluse.

— On me cherche, on m'appelle ! dit mademoiselle de Novès en étendant les bras. Adieu ! adieu !!!...

LIVRE CINQUIÈME.

SAINT-GERMAIN-EN-LAYE.

I.

C'ÉTAIT encore par un jour d'automne, doux et nébuleux. Le soleil se montrait comme à travers une gaze dont les plis onduleux et fluides flottaient à la cime des arbres ; tantôt elle se déroulait sous un souffle de vent et voilait l'horizon, tantôt dense et immobile elle ceignait la forêt d'une blanche écharpe.

La Seine coulait rapide et grossie par les pluies de l'équinoxe ; ses eaux ternes ne reflétaient plus comme dans un mobile miroir les ombreux rivages où de longues allées de saules et de peupliers baignent leurs rameaux dans le fleuve.

La forêt de Saint-Germain-en-Laye dominait la rive gauche; ses cimes vertes et touffues n'étaient pas encore flétries par l'automne; elles semblaient protéger d'un invincible abri le château neuf de Saint-Germain, gracieusement assis à ses pieds.

De l'autre côté de la rivière, le bois de Vésinet élevait ses hautes futaies déjà jaunies par le vent du nord. Les chênes secouaient leurs feuilles sur les grandes mousses qui tapissaient d'une éternelle verdure ces sentiers solitaires, ces clairières où retentissaient rarement le son du cor et le bruit de la chasse royale. Tout était paisible, silencieux, immobile sur cette rive : on n'y entendait guère que des bruits éloignés et confus; durant le jour, le son des cloches; parfois des fanfares militaires, ou les cors qui sonnaient dans la forêt de Saint-Germain, et pendant la nuit le qui-vive des sentinelles immobiles aux portes du château.

Il y avait à la lisière du bois une petite maison d'assez pauvre apparence. Son toit

couvert de chaume s'abritait sous les branches d'un vieux chêne; on n'y voyait qu'un
seul étage à quatre fenêtres garnies extérieure-
ment de volets gris fort délabrés. Un jardin
clos de grandes aubépines s'étendait devant
la maison; au-delà il y avait une prairie qui
descendait jusqu'au bord de la Seine. Tout
dans ce petit domaine était modeste, mystérieux, caché; les murs disparaissaient sous les
rameaux tenaces d'un lierre; la légère fumée
qui s'élevait au-dessus de son humble toit
allait se perdre dans les branches de chêne, et
de grandes touffes de joubarbe croissaient sur
le chaume moisi par les pluies. Les aubépines
formaient un rempart impénétrable autour
du jardin, et l'herbe croissait au seuil de la
première porte, dont la serrure rouillée semblait n'avoir pas été touchée depuis long-
temps.

Cette maison était habitée pourtant, et tout
ce que le luxe de cette époque avait de re-
cherché en meublait l'intérieur; derrière ces
fenêtres vermoulues retombaient des rideaux

de damas; sous ce toit de chaume il y avait des tentures de Flandre, des miroirs de Venise, des tableaux, des meubles sans prix.

Deux femmes et un enfant y résidaient depuis quelques mois; elles ne sortaient jamais, pas même le dimanche pour aller entendre la messe à l'église du Pecq, de l'autre côté de la Seine : ces deux femmes, c'étaient Laure de Novès et la Carducha.

Depuis quatre ans mademoiselle de Novès était morte pour sa famille, pour le monde. Elle s'appelait madame de Mazara : son amant lui avait permis de porter son nom; mais elle vivait si séparée du reste des hommes que personne encore ne l'avait saluée sous ce titre.

Laure était assise devant la fenêtre d'un petit salon qui avait vue sur la Seine. Son regard triste et animé était fixé sur le château neuf bâti par Henri IV, et dont les vastes constructions se déployaient sur la rive opposée. Ses blanches murailles aujourd'hui démolies dominaient orgueilleuses le vaste paysage. Plus

loin les tours du vieux château élevaient leur
faîte rougeâtre aussi haut que les cimes de la
forêt. La cour se trouvait en ce moment à
Saint-Germain ; toutes les fenêtres du château neuf étaient ouvertes, et un drapeau
fleurdelisé se déployait sur la boule dorée
qui couronnait le pavillon de l'horloge. Les
jardins en terrasse descendaient jusqu'au
bord de la Seine ; on eût dit de gigantes-
ques corbeilles de fleurs et de feuillage, éta-
gées sous la magnifique façade du château.
Dans les parterres, le long des rampes, sous
les bosquets encore verts, mais dont le feuillage devenu rare n'arrêtait plus le regard,
Laure voyait passer de brillans cavaliers,
de belles dames ; leurs rubans, leurs plumes
de différentes couleurs flottaient au vent ;
on distinguait un charmant pêle-mêle de
pourpoints noirs, de longues robes d'une
nuance tendre ou éclatante, des panaches
blancs, de reluisantes armes aux mains des
sentinelles ; mais il était impossible de reconnaître les traits de quelqu'un à cette distance.

Après avoir long-temps fatigué son regard à suivre les groupes de personnes qui tantôt s'arrêtaient au bord du grand bassin, tantôt remontaient le long des rampes et s'asseyaient dans le parterre, Laure baissa la tête et dit d'une voix triste :

— Viendra-t-il ce soir ?... Viendra-t-il Giulio ? mon Giulio !...

Il y avait dans l'accent, dans l'attitude de cette belle jeune femme, une divine expression de tendresse et de mélancolie ; elle était toute pleine de cette animation que donnent les sentimens passionnés et profonds ; ses beaux yeux bleus se levaient au Ciel chargés d'amour, sa bouche souriait à l'image qu'elle caressait au fond de son cœur.

— Viendra-t-il ? répéta-t-elle. Puis, passant une main sur son front comme pour écarter ce doute, cette impatience qui la faisait pleurer et ralentissait les heures, elle cria doucement :

— Christine ! je ne t'entends pas, ma fille ?

Personne ne répondit, et Laure se leva

presque effrayée. La porte du salon était fermée, des coussins traînaient sur le tapis avec une poupée et un petit chariot, les grands fauteuils de lampas formaient comme un rempart devant la chaise longue sur laquelle se déployait majestueusement une procession de capucins de cartes.

— Ma fille, où donc es-tu ? réponds-moi, dit Laure en cherchant sous les housses des fauteuils et entre les doubles rideaux.

Un petit éclat de rire partit de derrière la porte vitrée d'un cabinet, et une charmante tête d'enfant s'y montra sous les plis du rideau de soie blanche.

Laure courut à sa fille, et la prit dans ses bras en lui disant, entre mille baisers :

— Méchante enfant ! je te croyais perdue ; tu ne me répondais pas.

— Je m'étais bien cachée, mère ; vous me cherchiez par-ci, par-là, et moi j'ai ri... Je vous voyais ; vous ne me voyiez pas, vous.

L'enfant jeta ses petits bras autour du cou de sa mère, et la caressa comme pour lui demander pardon de cette espièglerie.

— Ma fille, dit Laure, ton père viendra ce soir ; il faut le caresser beaucoup, comme tu me caresses.

— Oh ! mère, je ne saurais pas.

—Pourquoi, Christine? c'est tout de même.

— Oh ! non, je ne l'aime pas tant que vous.

— Mais il faut l'aimer, l'aimer de tout ton cœur : il est bien bon.

L'enfant secoua la tête.

— Vous pleurez toujours quand il s'en va, dit-elle.

— C'est le chagrin de le quitter.

—Et vous lui dites de revenir, et il ne revient pas.

— C'est qu'il ne peut.

— Et il défend à ma bonne Carducha de m'emmener là-bas où il y a du monde.

— C'est qu'il faudrait passer la rivière. Il t'aime bien, Christine ; je t'en prie, embrasse-le beaucoup ce soir, joue, amuse-le, cache-toi comme tu viens de faire....

—Il ne me chercherait pas, lui, interrompit l'enfant. Puis, apercevant de la tristesse dans le regard de sa mère, elle la baisa sur les yeux en disant : — Je l'embrasserai beaucoup, je me cacherai ; nous rirons... Mère, je suis bien sage, il faut me chanter un noël, un beau noël !

— Ce soir, ma fille, ce soir, pour t'endormir.

L'enfant courut un moment autour du salon ; puis elle grimpa sur un pliant, et se tint droite derrière les vitres de la fenêtre ; alors sa pétulance se calma, et elle resta comme absorbée dans la contemplation de quelque chose qui se passait au dehors.

— Ah ! mère, venez voir, s'écria-t-elle sans tourner la tête, quel monde il y a là-bas au bord de l'eau. Ah ! le beau chariot !

En effet, de l'autre côté de la Seine, sur une pelouse qui s'avançait au-dessous des jardins en terrasse du château neuf, on voyait un groupe de cavaliers et de dames accompagner la marche lente d'un petit carrosse découvert, traîné par deux béliers blancs :

quelques suisses, armés de leurs grandes
hallebardes, suivaient à distance d'un pas
indolent.

Tout ce monde s'arrêta au bord de l'eau,
vis-à-vis du bac; il régnait une certaine agitation parmi les gens rassemblés autour du petit
carrosse; on eût dit qu'ils débattaient entre
eux si l'on allait ou non passer la rivière.
Un enfant était debout dans le carrosse,
et semblait se mutiner : sa tête blonde,
penchée à la portière, s'agitait avec des
signes d'impatience et de commandement;
il montrait la rivière d'un geste impérieux,
et faisait mine de vouloir mettre pied à
terre.

Un rayon de soleil passa entre les nuages,
et illumina la pelouse; aussitôt les dames se
mirent à l'abri sous de légers parasols que
des valets portaient derrière elles. Quelques-
unes avaient des masques noirs pour garan-
tir leur teint; les autres étaient coiffées de
grandes capelines : tous les hommes tenaient
leur chapeau à la main.

— Les voici ! les voici ! s'écria Christine en frappant dans ses mains ; je veux aller là-bas. Menez-moi , ma mère , je veux les voir....

Elle courut vers la porte, et appela la Carducha avec des cris de joie.

—Qu'est-ce ? dit la Bohémienne en accourant presque effrayée ; qu'arrive-t-il, madame ?

— C'est étrange, dit Laure , beaucoup de gens viennent de ce côté , des dames, des seigneurs de la cour ; ils passent le bac. Ah ! je me sens troublée jusqu'au fond de l'âme.

— Qui sait ce qu'ils viennent faire ici ? dit la Carducha inquiète ; le seigneur Giulio serait-il avec eux ?

— Non , non , je ne l'ai pas reconnu.

— Mène-moi là-bas, dans le pré, s'écria Christine en s'attachant au tablier de la Carducha ; allons voir ces belles dames....

— Non , ma fille, ton père serait mécontent.

— Pourquoi ? observa la Carducha en s'ap-

prochant de la fenêtre; il a⸢ seulement défendu d'aller de l'autre côté de l'eau. Ces
gens-ci ne viennent pas pour nous voir; les
voilà qui débarquent devant ce grand arbre
qu'on appelle l'orme de Sully; ils vont se
promener dans la forêt de Vesinet.

— Là où tu me mènes cueillir des fraises
et couper de petites branches fleuries? Oh!
viens, allons-y vite, ma bonne Carducha.

— Va donc, puisqu'elle le veut, dit Laure
avec un soupir. Pauvre enfant! elle aura un
moment de plaisir à voir passer tout ce monde
et ce beau petit carrosse où sans doute on
promène quelque prince encore au berceau.

— C'est le dauphin! s'écria la Carducha
qui reconnut de loin la livrée royale; c'est
monseigneur le dauphin et son frère. Sainte
Vierge; quelle grande suite pour deux jeunes
enfans! Il n'y a pas moins de vingt personnes
autour de ce petit carrosse. Les voilà qui
entrent dans la forêt par le layon de Chatou.

— Allons! allons! vite! vite! dit Christine en courant à la porte. Puis, par un

instinct naissant de coquetterie, elle revint
sur ses pas et dit à sa mère : — Mettez-moi
mon bel escoffion bleu, puisque je vais voir
du monde.

Laure jeta en souriant sur cette jolie petite tête la calotte à trois pièces relevée
par des nœuds d'argent ; puis. elle dit :
— Va, ma fille, tu verras passer un beau
petit garçon de ton âge ; regarde-le bien ;
c'est le fils du roi, et il sera roi quelque
jour.

— Le roi ! répéta Christine en ouvrant de
grands yeux, le roi ! Qu'est-ce que le roi ?

— C'est celui qui commande, auquel nous
obéissons.

— Alors mon père est notre roi, observa
naïvement l'enfant ; il dit toujours Je veux,
et vous lui obéissez.

Elle jeta encore un baiser à sa mère du
bout des doigts, et courut rejoindre la Carducha, qui l'attendait à la porte du jardin. Elles
gagnèrent le layon de Chatou par un autre
petit sentier qui aboutissait en ligne droite à

un lieu appelé le Chêne de Roland : il ne restait plus que la souche de cet arbre qui avait
porté le nom du neveu de Charlemagne ; elle
formait, presque à fleur de terre, comme une
table circulaire, dans les fissures de laquelle
croissaient des mousses et des joubarbes. A
l'entour s'étendait une petite clairière toute
semée de thym et d'argentine. Une vieille
tradition s'attachait à ce lieu, près duquel
on montrait encore, dans un fourré, une
grosse pierre appelée Table de la trahison.
Là, disaient quelques historiens, fut méditée
la trahison de Ganelon de Hauteville et de ses
complices contre Roland, le grand paladin, et
contre les douze pairs de France ; c'est là qu'on
prépara la défaite de Roncevaux ; ce fut sur
la table de pierre que les conjurés signèrent
leur pacte et prêtèrent leurs sermens. C'est encore en ce lieu, disait la tradition, que Charlemagne fit mourir les traîtres sur un bûcher.

Quoi qu'il en soit de cette vieille tradition,
le chêne de Roland était le but de tous ceux
qui venaient faire leur promenade dans la fo-

rêt; le layon de Chatou y aboutissait directement.

La Carducha s'assit sur la souche noirâtre
de ce grand chêne tombé depuis des siècles;
Christine se mit à arranger les baies d'églantier qu'elle avait cueillies sur son chemin. Elles
formaient ainsi un charmant groupe : la Carducha, avec son costume étranger, son mouchoir rouge avancé sur ses traits d'une beauté
encore si frappante, ressemblait à une de ces
prêtresses qui habitaient les forêts sacrées de
l'ancienne Gaule; à ses pieds, Christine, habillée d'un fourreau de lampas bleu, coiffée
de son riche escoffion, était comme une de
ces petites princesses que les méchantes fées
égaraient dans les bois.

— Il n'y a personne par ici, dit-elle tristement en laissant tomber les baies rouges dont
elle faisait un collier; où sont les belles dames, le beau chariot que j'ai vus?

— Regardez là-bas, dit la Carducha en désignant le layon de Chatou.

— Ah! je les vois! je les vois venir!

Elle se leva toute joyeuse et courut attendre au bord du sentier; son petit cœur battait d'aise et de curiosité. Les promeneurs arrivaient rangés en ligne comme une procession : d'abord marchaient deux suisses, puis le petit carrosse, dans lequel il y avait deux enfans; l'un tout petit et encore à la bavette, l'autre âgé de quatre ans environ et beau comme un chérubin. Ses grands cheveux blonds descendaient très-bas sur un collet garni de dentelles ; il portait un petit toquet orné de plumes mi-parties blanches et rouges ; le grand cordon bleu traversait en écharpe sur sa poitrine ; il avait déjà le regard fier, la mine brave et hautaine. Quelques seigneurs suivaient le carrosse chapeau bas ; les dames, leur demi-masque de velours sur le visage, allaient seules ou appuyées légèrement de la main sur le bras de leurs cavaliers ; des valets portaient la queue de leurs robes traînantes; elles riaient et plaisantaient de se voir ainsi au milieu du bois en habit de cour.

Les deux béliers à la blanche toison semée de pompons roses s'arrêtèrent à l'entrée de la clairière; la suite du dauphin fit cercle.

— J'espère que monseigneur est satisfait et qu'il va retourner au château? dit madame de Lansac, gouvernante des enfans de France, en s'approchant du carrosse.

— Quel chemin j'ai fait! s'écria le dauphin d'un air triomphant; quel chemin j'ai fait à travers le bois, loin, bien loin des jardins, après avoir passé la rivière!.... On ne voudra pas le croire au château. Le voit-on encore de cet endroit?

— Il est derrière votre altesse, à un petit quart de lieue d'ici, répondit en riant Perrette de la Giraudière, sa nourrice. Oh! nous ne sommes pas au bout du monde!

— Ah! que je suis aise d'être venu! Vous ne le vouliez pas, madame de Lansac!

— C'est que je craignais que votre altesse ne prît un rhume; il y a une fraîcheur dans ces bois! on dirait que le serein commence à tomber.

— J'aurai plus mauvais temps quand j'irai à la guerre, ma bonne Lansac.

A cette belle repartie, les courtisans firent de grands gestes d'admiration; Perrette de la Giraudière s'écria la larme à l'œil :

—Ce sera un héros!... ce n'est déjà plus un enfant; il a les airs, les paroles d'un homme.

— Quelle est cette jolie petite fille! s'écria le dauphin en se levant vivement comme pour mettre pied à terre; je voudrais bien jouer un peu avec elle; qu'on la fasse venir là.

— Approchez, ma mie, dit madame de Lansac avec bonté.

La Carducha s'avança avec cette calme assurance qui lui donnait l'air d'une grande dame, aussi noble et aussi fière que toutes celles qui étaient là. Christine, un peu confuse, marchait en arrière, tenant dans ses mains son beau collier de baies d'églantier.

—Quelle est cette belle enfant? dit madame de Lansac avec intérêt.

—Elle se nomme Christine de Mazara, madame, répondit la Carducha avec quelque embarras.

— Et ses parens, qui sont-ils ?

— Madame sa mère habite une petite maison à la lisière du bois.

— Et mon père, se hâta de dire Christine par un instinct de fierté, mon père s'appelle Giulio de Mazara; il est officier de la reine et il demeure au château.

— Giulio de Mazara! fit Perrette de la Giraudière; je ne connais pas ce nom-là.... peut-être quelque valet de pied.

La Carducha avait rougi vivement; un doute, un soupçon terrible venait de passer dans son esprit.

— Approche donc, petite! cria le dauphin avec impatience.

Christine vint toute déconcertée près du carrosse où le prince restait assis; elle le considéra fort attentivement; puis elle fit le tour de l'attelage et s'écria ravie: — Oh! les beaux moutons blancs!

— Elle ne m'a rien dit à moi! fit le dauphin fort piqué de ce qu'on l'admirait moins que ses moutons.

La petite fille revint à la portière, et déjà

rassurée, elle dit au dauphin : —Viens, nous jouerons sur l'herbe; il y a là-bas de belles mousses, tu verras....

Une certaine rumeur parmi la suite interrompit Christine.

— Il faut dire *vous* et *monseigneur*, dit en riant madame de Lansac, petite; c'est ainsi qu'on parle aux princes; tu n'étais pas obligée de le savoir.

— C'est bien! fit le dauphin avec un geste imité sans doute de sa mère, c'est bien, taisez-vous. Je veux parler à cette petite fille, et je veux qu'elle me réponde comme elle pourra.

— Petite! petite! interrompit Christine piquée à son tour; je suis grande comme toi....

— Mais moi je suis le dauphin, et toute la France est à moi.

—Pas encore, monseigneur, dit gravement madame de Lansac; elle est au roi, vous serez roi un jour.... En attendant il faut retourner au château.

— Déjà! j'aurais bien voulu courir un peu sur cette pelouse!...

— Il est trop tard, il faut rentrer. C'est bien assez d'avoir obéi aux ordres de votre altesse en venant jusqu'ici; je ne l'aurais pas dû, peut-être. Allons, monseigneur.

Il se rencogna dans le carrosse avec humeur, et dit les larmes aux yeux en regardant Christine : — Tu vas jouer là jusqu'à ce soir, toi!

— Eh bien! reste avec moi.

— Si j'étais le maître! par la mort Dieu!

— Ah! monseigneur! vous avez juré! C'est la première fois! s'écria madame de Lansac désolée.

Le dauphin secoua la tête avec impatience; il pleurait presque, et regardait Christine avec envie.

— Tiens, lui dit-elle d'un air de compassion et comme pour le consoler, voilà le beau collier que j'ai fait.

Il le prit et l'entortilla à son bras.

— Je n'ai rien à te donner, moi, fit-il avec un soupir. Adieu!

La Carducha s'inclina avec respect, et Christine l'imita avec une grâce charmante.

— Adieu, belle petite! dit madame de Lansac en lui donnant un léger coup sur la joue;
quelque jour, quand tu seras grande, tu pourras dire : Louis XIV m'a parlé!

II.

IL était nuit close; un bon feu brûlait dans le salon éclairé par deux grands candelabres attachés aux côtés de la cheminée ; les baguettes dorées de la tapisserie, les serrures d'argent des armoires, les belles glaces de Venise étincelaient sous ces mouvantes clartés; des fleurs s'épanouissaient dans les vases de cristal : tout, dans cette petite pièce, avait un air d'attente et de joie. La maîtresse de ce joli séjour avait pris aussi ses habits de fête. Une robe de soie bleue, à corsage juste, laissait à découvert ses belles épaules à demi voilées par

un fichu de point d'Alençon ; un collier de
perles luisait sous la dentelle, et sa blancheur
nacrée semblait ternie par les reflets d'une
peau transparente ; de petits souliers en drap
brodé de fil d'argent chaussaient des pieds
mignons ; un nœud de saphirs, attaché dans
de blonds cheveux, complétait cette gracieuse
parure.

Laure et la Carducha veillaient assises auprès d'une table marquetée. L'une travaillait ;
l'autre, le front appuyé sur sa main, exami-
nait d'un regard machinal les fines incrusta-
tions de nacre et d'argent ; elle comptait les
feuilles et les boutons, les rosaces, les pal-
mettes tracées dans l'ébène noir et poli. Mais
toute son attention, toute son âme était passée dans ses oreilles ; elle écoutait depuis deux
heures, sans entendre venir personne : le
murmure des eaux s'élevait seul et monotone
pendant cette silencieuse soirée.

Christine dormait aux pieds de sa mère,
étendue sur une peau de tigre. Ses cheveux
bruns et frisés retombaient sur sa joue d'une

délicate blancheur ; ses sourcils, finement arqués, formaient deux noires arêtes sur un front innocent et pur comme celui d'un archange.

— Il ne vient pas ! dit Laure, en pressant de ses mains son front pâle et animé ; oh ! qu'il est douloureux d'attendre ! Aujourd'hui, demain, long-temps encore peut-être, il faudra compter ainsi les heures, et il ne viendra pas ! Quel supplice que cette incertitude ! et comment peut-il m'y condamner ?

— Il est sans compassion pour ces souffrances, qu'il ne comprend guère, dit la Carducha ; cachez-les-lui bien, sinon il en rira.

— Je le sais. Quelle âme indifférente et sèche ! Va, je le connais bien ; il n'aime personne au monde ; mais je l'aime, moi ! je l'aime de toutes les facultés de mon âme. Si tu savais ce que c'est que l'amour !

— Hélas ! c'est ce qui donne, dès ce monde, l'enfer ou le paradis.

— Tu dis vrai ; Giulio est le démon qui m'a perdue, le dieu qui commande tous les désirs,

toutes les volontés de mon cœur, toutes les
actions de ma vie. Hélas! malheureuse, je
blasphème ! mais notre Rédempteur et sa
Mère se sont retirés de moi ; je n'ose plus prier
Jésus et Marie : mon crime et mon ignominie
m'empêchent d'élever là-haut les yeux.

Elle jeta un sombre regard autour du salon, sur sa riche parure, et reprit d'une voix
triste :

— Quand je considère en son absence ce
luxe dont il m'environne, j'ai le cœur rempli
de regret et de honte ; mais, quand il est là,
je me sens heureuse d'être belle et parée pour
lui. Alors j'oublie ce qui hors de sa présence
me ronge et me dévore sans cesse, mon déshonneur et le soupçon d'être trompée par
Giulio.

— Hélas! Dieu est bon, il vous fera miséricorde ; et, si cet homme vous trompe, que
le péché qu'il vous fait commettre retombe
sur lui !

— Il a promis, il a juré que je serais sa
femme. Mais pourquoi suis-je encore sa maî-

tresse?... Pourquoi ce mystère, ces précau-
tions, cette prison à laquelle il nous con-
damne?... Pourquoi vient-il, surtout depuis
quelques mois, si rarement et si furtivement?
Oh! si tu savais, j'ai des doutes qui me tuent...
s'il était déjà marié!...

— Ne vous a-t-il pas mille fois juré qu'il
n'avait jamais contracté mariage avec aucune
femme?·

— Et s'il avait une autre maîtresse, moins
soumise, plus habile à le retenir, mieux aimée!... S'il ne venait pas, parce qu'il est
près d'elle! S'il ne me cachait si soigneusement ici, que pour ne point lui donner de
jalousie!... Ah! que ces doutes brisent ma
pauvre tête!

—Non; il n'aime personne mieux que vous.
Il vous cache, dit-il, par précaution, par nécessité, par jalousie.

— Il nous trompe; il n'est pas jaloux, lui!
Va, je le connais bien; mais je l'aime! Depuis
quatre ans sa maîtresse, son esclave, je n'ai fait
que ce qu'il a voulu; je me suis soumise à ses

ordres, à ses caprices ; je me suis résignée à
son indifférence ! il n'a pour moi ni dévouement, ni tendresse, je le sais ; je lui plais
parce que je suis jeune et belle, comme lui
plairait une de ces courtisanes si brillantes
et si recherchées dont il nous parle quelquefois : cette Marion Delorme...

— Ah ! madame, une fille perdue !

— Suis-je plus sage, moi ? mais un seul mot,
un seul regard de Giulio me consolent de ce
mépris où je suis tombée à mes propres yeux.
Je ne me plains ni de cette servitude, ni de
cette reclusion ; je me plains de son absence.
Oh ! le voir une heure chaque jour, entendre
de sa bouche quelques bonnes paroles, et la
plus dure prison me serait facile à subir ! Mais
il me laisse, il oublie sa pauvre petite Christine...

— Elle lui ressemble, dit tristement la Carducha en regardant l'enfant endormi.

— Oui, de visage seulement ; elle est d'un
naturel si tendre et si caressant !

— Pauvre petit ange ! elle est toute la joie de

notre solitude. Que Dieu la fasse sage et heureuse !

Laure se pencha vers sa fille et la regarda
dormir un moment ; puis, passant sa main
dans les longues boucles de ses cheveux, elle
dit découragée : — Il ne viendra pas!

— Il n'est pas tard, observa la Carducha ;
neuf heures viennent de sonner à l'église du
Pecq : le seigneur Giulio arrive quelquefois à
minuit.

— Hélas ! qui sait s'il est au château?

— Il ne quitte guère la cour, et vous savez
que son service le retient tard dans les appartemens de la reine.

Laure alla vers la fenêtre et regarda long-
temps à travers les carreaux. La nuit était fort
obscure et le vent bruissait entre les feuilles
sèches ; on entendait au loin dans la forêt le
cri des bêtes fauves, et la Seine fuyait avec un
murmure sourd le long de la rive sablon-
neuse.

Des clartés mouvantes resplendissaient de
l'autre côté de l'eau ; toutes les fenêtres du

château se détachaient comme de brillantes découpures sur un fond noir. Les sons d'une musique éloignée s'élevaient par intervalle, apportés par le vent jusqu'aux échos de la forêt.

La jeune femme appuya son front sur les vitres, et, les yeux fixés sur l'autre rive, elle écouta long-temps.

— J'ai demandé au seigneur Giulio la permission d'aller entendre la messe, dimanche prochain, à l'église du Pecq, dit la Carducha pour faire diversion à cette cruelle attente.

— Et que t'a-t-il répondu ? demanda Laure en se tournant vivement.

— Qu'il ne le voulait pas. Je lirai la messe ici.

Laure revint s'asseoir près de la table; et, fixant un regard attristé sur la Carducha, elle lui dit : — Tu n'es pas heureuse ! Une vie si solitaire, une si étroite reclusion ! Comment te récompenser jamais de tout ce que tu fais pour l'amour de moi ?

— J'étais habituée à une vie plus dure, plus mauvaise, à la vie des Bohémiens.

— Oui; mais tu avais la liberté, les champs, les grands chemins devant toi.

— Je ne regrette rien.

— Quoi! pas même le pays où tu es née?

— L'Espagne! dit la Carducha, en laissant tomber son ouvrage.

— Pourquoi ne m'en parles-tu jamais? Il y a donc là de bien tristes souvenirs?

— L'Espagne! répéta la Carducha; c'est le plus doux pays de la terre; mais je ne la reverrai jamais!

— Qui sait! quelque jour peut-être, quand je serai morte, tu y emmèneras Christine.

— Quelles pensées! vous vivrez long-temps, plus long-temps que moi...

— Si tu savais combien je voudrais me reposer enfin de ces terribles agitations! quels soucis, quelles peines amères me dévorent! et au milieu de tout cela quelques éclairs d'un bonheur si grand, qu'il ne me semble pas trop chèrement acheté par la perte de mon repos,

de mon honneur, de mon âme ! Ah ! s'il m'eût
aimée, que nous aurions été heureux, seuls,
retirés dans cette petite maison, où il aurait
voulu ! partout je l'aurais suivi, partout j'aurais trouvé un paradis avec lui ! Mais, hélas !...

— Je crois qu'il ne faut pas parler au seigneur Giulio de notre promenade au chêne
de Roland, dit la Carducha pour rompre cette
conversation qui reprenait toujours la même
tournure.

— Non, il n'en faut pas parler. Sans doute
il serait fâché de cette rencontre. Qui sait si
l'on n'en parlera pas au château ? qui sait s'il
n'en est pas instruit déjà ! C'est étrange ce que
cette dame a dit : Un valet de pied peut-être !
Oh ! c'est impossible, il est noble, il est riche !
Vois toutes les choses précieuses qui sont en-
tassées ici....

La Carducha leva le doigt vers un tableau
qui faisait face à la cheminée : il représentait
la Vierge allaitant l'enfant Jésus.

L'œil saisissait tout d'abord une vague res-
semblance entre cette madone au front divin,

aux blonds cheveux, et la belle Laure; l'enfant rose, souriant, à la chevelure longue et frisée, avait aussi les traits de Christine; le hasard seul avait fait deux portraits de ce beau tableau, qui portait au bas la signature du Corrége.

— Le seigneur Giulio dit que cette madone est de grand prix, dit la Carducha; il l'a achetée mille écus romains.

— Oui, il est riche, il est puissant, il vit à la cour et pourtant on t'a dit que personne ne connaissait Giulio de Mazara! Ah! que Dieu ôte de ma pensée le soupçon qui y est venu!....

La Carducha regarda Laure avec inquiétude; le même doute s'était présenté à son esprit. Giulio avait-il avoué sa véritable situation? Depuis le jour où, au bord de la Sorgue, il lui avait dit en face ces terribles paroles : Je suis prêtre! elle s'était jetée à ses genoux pour savoir la vérité, et il avait répondu fermement qu'il n'était ni prêtre, ni marié, qu'il n'avait prononcé aucun vœu.

— S'il ne m'avait pas déclaré son véritable

nom! reprit Laure. Oh! alors c'est qu'il aurait de grands et terribles motifs pour le cacher!... Mon Dieu! qui m'éclairera?

— Le temps, qui amène toutes choses. Mais,
j'en suis assurée, Giulio de Mazara est son véritable nom, le nom qu'il a porté dès son enfance; c'est celui de son père, un pauvre
vetturino qui faisait les voyages de Rome à
Florence.

— Comment sais-tu ceci? dit Laure avec un
grand étonnement.

— Il me l'a dit lui-même. Je ne vous en aurais jamais parlé sans les soupçons qui vous
sont venus à l'esprit; mais, au nom du Ciel,
silence là-dessus!...

Un léger coup frappé à la porte du jardin
coupa la parole à la Carducha. Laure pâlit,
elle se dressa comme si une main invisible
l'eût touchée, et, laissant retomber ses bras
inertes, elle s'écria : — C'est lui! le voilà!...

III.

C'était bien toujours le beau Giulio ; seulement on eût dit que son visage avait pris une
expression encore plus fière et plus impassible.
Aucune passion, aucun sentiment vif, aucune
émotion d'amour ou de haine ne plissait jamais ce large front; jamais ce regard fin et
profond ne s'animait de la flamme passagère
d'une joie subite ou d'une colère retenue.

Laure attendait debout à la porte du salon ;
elle avança ses mains tremblantes vers Giulio
et lui dit avec l'accent d'un doux reproche ;

— Enfin vous êtes venu ! Oh ! combien je vous ai attendu !

Il la baisa au front avec distraction et s'assit sur la chaise longue en rejetant son manteau et son large chapeau de feutre.

— Ma toute belle, dit-il, comment avez-vous passé votre temps depuis que je ne vous ai vue ?

— Tristement : vous le savez, je n'ai de joie qu'en votre présence !

— Je vous en remercie, bel ange.

— Mais toutes mes joies sont courtes et rares comme vos visites.

— Je viendrais plus souvent si j'avais plus de temps ; mais si vous saviez, Laure, comme les heures, les jours, les semaines, s'envolent !... J'ai des obligations dont je suis esclave. Ma vie s'écoule au milieu de mille soins qui m'ôtent à moi-même, je ne m'appartiens pas....

— Hélas ! dit Laure en s'asseyant sur un coussin aux pieds de Giulio, ne vivrez-vous donc jamais pour vous et un peu pour moi ?

Ne renoncerez-vous donc pas à ces chaînes si lourdes que vous traînez toujours avec plus de fatigue et moins d'heures de répit!

Giulio secoua imperceptiblement la tête.

— Il y en a pour long-temps encore, fit-il, et peut-être je mourrai à la peine!

Laure se pencha vers lui, et, retenant ses mains, elle dit avec la voix et le regard plein de larmes : — Mais pourtant tu n'es pas heureux ainsi, Giulio; tes jours se passent dans je ne sais quelles occupations arides et pénibles; les momens que tu gardes pour toi-même, pour tes affections, pour tes plaisirs, sont comptés, et quel est le but de tant d'efforts? Que veux-tu de plus que ce que tu as? Vois comme ta vie serait bonne ici, avec moi et ta fille. Tu serais libre : personne n'imposerait d'obligations à toutes tes heures, ne te commanderait d'attendre des semaines, des mois entiers, pour être à toi-même un seul jour. Je ne te parle pas de moi : si tu m'aimais, ne ferais-tu pas toute ta joie de ma présence? Pourrais-tu supporter ces devoirs qui te retiennent loin de moi ? Mais je ne te veux point solliciter pour mon propre bonheur, c'est du tien dont il s'agit ; n'est-ce pas, Giulio, que tu voudras vivre enfin pour nous deux ?

Il sourit, et répondit tranquillement : Plus tard. Puis, pour changer cette conversation qui l'embarrassait, il alla vers sa fille et l'embrassa au front avec distraction.

— Pauvre enfant, dit Laure, elle a veillé long-temps pour vous attendre, puis elle s'est endormie au milieu de ses jeux.

Giulio revint s'asseoir sur la chaise longue ; sa figure était calme et souriante comme à l'ordinaire, mais il y avait une certaine préoccupation dans son attitude.

— Y a-t-il du nouveau à la cour ? dit Laure, pour laquelle tout était un sujet d'inquiétude et de doute ; quitterons-nous bientôt Saint-Germain ?

— Pas avant le nouvel an, je crois ; le cardinal de Richelieu est fort mal de sa toux, il baisse à vue d'œil, le pauvre homme ! il y a des paris qu'il n'ira pas aux fêtes de Noël.

— Ce sera un grand politique de moins en ce monde, et le roi aura grand'peine à démê-ler sans lui les affaires de son royaume.

— Surtout s'il s'y applique lui-même.

— Après trente-deux ans de règne il en se-rait à son apprentissage ?

— Vous êtes fort au courant des affaires politiques, à ce qu'il me paraît, observa Giulio avec quelque étonnement.

— Je les ai un peu apprises dans cette his-toire de notre temps que vous m'avez donnée à lire : *Le Mercure François.*

— Et vous avez déjà songé au successeur du cardinal de Richelieu ?

— Il me semble que ce pourrait bien être encore une éminence, le cardinal Ma-zarin.

— Vous croyez ! dit Giulio en se levant et en allant vers la madone du Corrége ; quel divin tableau ! il faut que j'en trouve le pen-dant. Un coquin de juif me propose un Anni-bal Carrache, la Mère des douleurs....

— Celle-là doit me ressembler aussi, murmura Laure toujours agenouillée sur le coussin.

— Vous êtes merveilleusement belle aujourd'hui, madona Laura! dlt Giulio en revenant caresser les blonds cheveux de la jeune femme; le bleu vous pare à ravir : je vous donnerai une robe de velours de cette couleur.

— J'ai déjà tant de riches vêtemens! je ne les mets que pour vous, Giulio, et vous venez si rarement!

— Avez-vous achevé la lecture de ces petites gazettes que je vous ai apportées l'autre jour? interrompit-il.

— Oui, sans doute, je voudrais bien qu'il en parût plus d'une par semaine. C'est comme un journal de tout ce qui se passe à la ville et à la cour. Mais je n'y vois jamais votre nom.

— Il est trop obscur, et je suis un trop petit personnage pour qu'on s'occupe de moi.

— Mais, dites-moi, Giulio, les changemens qui surviendront à la mort du cardinal ne feront-ils rien à votre position?

— Qui peut prévoir d'avance les événemens? de plus habiles que moi ne peuvent
dire ce qui doit arriver. Quelle belle place va
laisser vide celui qui depuis vingt-deux ans
est le véritable roi de France! Que de pouvoir,
de richesses, de grandeurs, il va échanger
contre un linceul et six pieds de terre! Voilà
ses vastes projets finis; il meurt avant son
maître, sans avoir atteint le dernier terme de
son ambition; Richelieu ne sera pas régent
du royaume. Ah! ah! quelle pauvre figure il
fera quand Monsieur viendra lui jeter l'eau
bénite!... L'astre d'Anne d'Autriche se lève,
et déja les courtisans tournent le dos au roi et
au ministre moribond pour saluer de loin le
nouveau pouvoir.

— Vous êtes attaché à la maison de la
reine? dit timidement Laure; mais je ne
sais pas au juste quel y est votre emploi.

— Et quand vous le sauriez! fit Giulio en
haussant les épaules, cela le rendrait-il plus
lucratif et plus sûr? à quoi bon vous tourmenter de toutes ces choses? laissez-m'en le

souci. Vous êtes curieuse, Laure. Ne vous rappelez-vous pas le conte des sept femmes de
Barbe-Bleue?

— Ah ! si j'avais la petite clef de tous ces
mystères, j'en userais certainement.

— Quand même?...

— Oui, quand même! fit-elle avec un petit
geste de résolution et de rancune....

— Vous êtes une mauvaise petite tête ! C'est
égal ! je t'aime fort ! tu es belle !...

Il l'attira doucement sur ses genoux ; et
elle, désarmée par ces paroles d'amour, lui
dit les larmes aux yeux :

— Oh! si tu me parlais toujours ainsi!...
Giulio, va, tu serais plus heureux peut-être
si tu me donnais ta confiance....

Il mit un doigt sur sa bouche et dit en
souriant : — Quelque jour.

— Mais du moins, Giulio, jure-moi qu'aucune autre femme n'a sur toi les droits que tu
m'as donnés.

— Aucune, je te le jure.

— Si tu savais combien d'angoisses et de

jalousie j'ai au cœur, lorsque, seule ici, le soir, je lève les yeux vers le château, quand je vois ces fenêtres toutes illuminées, et derrière ces rideaux blancs, des ombres qui passent et repassent sans cesse! alors je me dis que tu es là avec des dames de la cour, belles, parées, brillantes, qu'elles sourient à tes propos, qu'elles jouissent de ta présence, tandis que moi je veille seule ici dans les larmes.

—Que tes mains sont admirablement belles! fit Giulio en les baisant; je veux que quelque peintre les mette dans un de ses tableaux.

— Mais alors il verrait mon visage.

— Tu garderais ton masque.

— Tu es donc jaloux, mon Giulio?

— Jaloux! non.

—Alors pourquoi me tenir ainsi cachée?

— Parce qu'il est inutile de t'exposer aux regards, aux fleurettes des raffinés de la cour. Je suis homme de précaution : demain, par exemple, je t'éloigne d'ici.

— Comment! vous voulez que je parte?

que je retourne à Paris, dans cette rue étroite, sombre, où il n'y a ni air ni soleil? Ah! laissez-moi ici...

— Tu ne t'en iras que pour un seul jour; mais demain il ne doit y avoir personne dans cette maison.

— Quelle raison?...

— Le roi, tout faible et malade qu'il est, veut courre demain le cerf dans la forêt du Vésinet : toute la cour sera là, car la reine doit suivre la chasse. Il serait possible qu'en passant devant cette maison quelque seigneur, quelque dame eût fantaisie d'y entrer.

— Vous serez là pour en faire les honneurs?

— Y penses-tu? Ce serait un hasard; d'ailleurs je dois suivre la chasse, mon poste est à la suite de la reine.

— Eh bien! dit tranquillement Laure, je m'en irai, je retournerai à Paris.

— Dès le point du jour un carrosse viendra te chercher, ainsi que Christine et la Carducha.

— Des gens à vous? demanda-t-elle avec inquiétude.

— Eh non ! et tu ne dois pas même leur dire mon nom.

— Je n'aurai garde! et quand devrai-je revenir?

— Passé demain, quand tu voudras ; tu es la maîtresse ici.

Il se leva et mit son feutre et son manteau. Laure, debout près de la cheminée, demeura pensive et immobile.

— Adieu, ma belle madone, dit Giulio en l'embrassant, adieu....

— Et quand vous reverrai-je ?

— Dans quelques jours sans doute.

— Hélas ! j'attendrai !....

Il allait sortir.

— Giulio, reprit-elle avec un doux reproche, et votre fille? vous ne l'avez pas embrassée.

Il effleura de ses lèvres les yeux endormis de l'enfant; la Carducha attendait à la porte, un bougeoir à la main, pour éclairer.

— Sois prête à partir demain au petit jour, lui dit Giulio en espagnol, et par ton salut! veille sur Laure; qu'elle ait son masque et qu'elle ne parle à personne le long du chemin.

Il sortit. La Carducha, étonnée, retourna près de sa maîtresse.

— Il faut partir? dit-elle.

— Oui, demain matin, toi et Christine; mais moi, je reste....

— Comment! seule ici, madame, et malgré sa volonté?....

— Oui, dit-elle avec véhémence; je resterai, je me cacherai.... Il faut que je voie passer la chasse : la reine y sera, et Giulio à sa suite.... Je saurai enfin quel rang il y tient; je comprendrai peut-être pourquoi personne ne sait le nom de Giulio de Mazara.... S'il me trompait, la Carducha, s'il était un grand seigneur, un prince?....

— Eh bien! ne seriez-vous pas son égale? La maison de Novès ne va-t-elle pas de pair avec la plus ancienne noblesse de France?

— Je ne suis plus Laure de Novès, répondit-elle en baissant la tête : je suis la maîtresse de Giulio de Mazara.

IV.

Il était environ midi, et depuis le matin les cors sonnaient aux carrefours de la forêt du Vésinet; parfois de lointaines clameurs s'élevaient des taillis, et les meutes lancées battaient toute cette plaine qu'enserre la Seine; mais tout était calme et silencieux aux alentours de la petite maison.

Debout, aux fenêtres entr'ouvertes du salon, Laure attendait le retour de la chasse; elle tressaillait chaque fois que ces cris, ces bruyantes fanfares arrivaient à son oreille.

Mais bientôt un bruit plus rapproché et

plus distinct attira son attention ; c'était la porte du jardin qui s'ouvrait lentement. Un homme entra avec précaution, et malgré son chapeau avancé sur les yeux et son vaste manteau brun, Laure reconnut à l'instant Giulio. Il avançait entre les étroites plates-bandes du jardin et regardait çà et là d'un air attentif, comme s'il eût voulu s'assurer que personne n'était resté sous les berceaux ou dans la petite allée couverte ; mais il n'y avait âme qui vive, et le vent sifflait seul dans les feuilles jaunies.

Giulio s'arrêta un moment au milieu du parterre ; il y avait encore un bouton entre les branches dépouillées d'un jeune églantier : il s'épanouissait lentement à l'abri des feuilles sèches, sous un dernier rayon de soleil. Giulio cueillit cette fleur tardive et la désarma de ses longues épines ; puis il s'avança vers la maison et l'ouvrit avec une double clef.

Laure écoutait, tremblante, saisie d'un vague effroi et d'une inexprimable surprise. Quand elle entendit les pas de Giulio dans la pièce qui précédait le petit salon, elle s'élança dans un cabinet et en referma sur elle la porte vitrée. Le rideau de soie, tiré de son côté, la cachait entièrement; mais il lui semblait qu'on devait entendre sa respiration précipitée et les battemens sonores de son cœur. La pauvre jeune femme appuya son front moite et glacé contre les murailles; et, comprimant sa poitrine sous ses mains croisées, elle écouta et attendit.

Giulio avait ôté son manteau et s'était assis comme quelqu'un qui s'installait là pour longtemps. Il jeta un coup d'œil autour de lui et releva sa moustache brune, dont les deux crochets se dressaient coquettement sur ses joues; son vêtement de velours noir était fort gracieusement ajusté, quoique la couleur et le choix de l'étoffe lui donnassent la sévère simplicité d'un habit de deuil. Il déposa la fleur d'églantier sur une table et revint s'asseoir devant la chaise longue, dont il arrangea les coussins.

Il y avait dans la mise, dans l'attitude, dans la physionomie de Giulio, quelque chose qui

mit au cœur de Laure une poignante jalousie ;
elle ne s'y trompa point : ce n'était qu'une
femme que l'on pouvait attendre ainsi.

Si cette situation se fût prolongée, peut-
être aurait-elle fini par une explosion ; peut-
être Laure serait-elle venue se jeter aux pieds
de Giulio, pour le supplier de finir d'un seul
coup les doutes, les angoisses qui la tuaient :
mais elle n'en eut pas le temps. Les pas de plusieurs chevaux frappèrent sourdement le gazon, et la grille du jardin tourna sur ses gonds
rouillés. Giulio s'élança hors du salon ; au
bout de quelques minutes, qui parurent à
Laure une éternité, il revint : cette fois, il
n'était plus seul.

Deux femmes entrèrent ; selon l'usage du
temps, elles portaient des demi-masques pour
la promenade. L'une resta debout à la porte,
après l'avoir soigneusement fermée ; l'autre
s'assit et détacha son masque, en faisant un
gracieux signe de tête à Giulio debout devant
elle.

Cette femme avait passé la fleur de sa jeu-

nesse, et jamais elle ne dut être fort belle;
mais il y avait dans toute sa personne le
charme tout-puissant de la grâce unie à la
fierté. Des cheveux d'un blond un peu vif
descendaient en longues boucles sur ses tem-
pes; ses yeux n'étaient pas grands, mais
leurs prunelles changeantes brillaient comme
une flamme. Elle avait le teint d'une blanche
et délicate transparence; on voyait le sang
courir dans les veines fines et bleuâtres de sa
peau. Elle était vêtue d'une robe de satin
vert, à manches relevées et ouvertes sur le
côté : un chapeau noir, orné d'une plume de
héron, couvrait en partie sa belle chevelure.

Giulio prit la fleur qu'il venait de cueillir
pour elle et la lui présenta; elle sourit et,
tirant son gant, elle avança pour la prendre
une main blanche et belle, toute couverte
d'anneaux précieux; puis, se tournant vers
la dame qui se tenait à la porte, elle dit :

— Prends garde à ce qui se passe là dehors,
du Fargis, et quand je serai ici depuis une
heure, avertis-moi.

Laure se pencha pour mieux entendre ce
que cette femme allait sans doute dire à Giulio ; sa voix grave et sonore s'adressait à lui
maintenant, mais c'était dans une langue
étrangère : elle lui parlait espagnol.

Laure passa ses mains sur son front avec
une douloureuse impatience ; cette voix toute
pleine de gracieuses inflexions, la voix plus
accentuée de Giulio, frappaient son oreille de
sons inintelligibles. Elle se releva avec une angoisse inexprimable et regarda entre les jours
du rideau. Alors elle comprit ces discours,
dont le sens lui eût échappé si elle les avait
seulement entendus. La dame, nonchalam-
ment assise entre les coussins, effeuillait cette
frêle fleur que venait de lui donner Giulio ;
souriante, attentive, elle écoutait des paroles
douces, voilées, et que le regard achevait. La
malheureuse Laure reconnut ces accens : elle
aussi les avait entendus ; ils vibraient encore
dans son cœur. Des larmes coulaient silen-
cieuses le long de ses joues ; elle frissonnait et
ses genoux ployaient sous elle : puis, inca-

pable de soutenir plus long-temps la vue de cette scène, elle s'assit par terre et cacha son visage contre le mur.

— Si je pouvais mourir à présent ! murmura-t-elle. Oh! ils auraient peur en trouvant ici mon cadavre !

Deux fois elle mit la main sur la serrure, pour ouvrir cette porte qui la cachait et rompre tout-à-coup ce fatal tête-à-tête ; mais le courage lui manqua.

Giulio parlait toujours, appuyé sur le dossier de la chaise longue, et la dame écoutait, ne répondant guère que par son sourire gracieux et fier; puis la conversation sembla prendre une tournure plus grave : sans doute, il s'agissait d'intrigues de cour, d'intérêts politiques, car le nom de Richelieu y était souvent mêlé.

La dame parlait vivement, le regard fier, le front levé ; il y avait dans son geste, dans les inflexions de sa voix, quelque chose de grand, de hautain, qui inspirait le respect et la crainte.

La pauvre jeune femme comprit que sa rivale était une de ces grandes dames de la cour qui, à l'abri de leur nom, savaient impunément satisfaire toutes leurs passions, et qui, véhémentes dans leur amour comme dans leur haine, pouvaient faire ou renverser la fortune d'un homme.

Une heure s'écoula vite dans ce vif et secret entretien. La confidente, qui se tenait à la porte, aussi droite et immobile qu'une statue du dieu Terme, dit, de la même voix qu'un laquais annonçant à l'entrée d'un salon :
— M. de Brienne et les chevaux.

La dame se leva, et, appuyant légèrement sa main sur le bras de Giulio, elle lui dit :
— *Admito vuestros servicios, aquí nos volveremos á ver.*

Ces paroles, prononcées à haute voix, restèrent dans la mémoire de Laure ; elle les répéta machinalement plusieurs fois ; elle les répétait encore, lorsque les pas des chevaux s'éloignèrent rapidement. Alors elle se leva d'un bond et ouvrit la porte du cabinet d'une main ferme : il n'y avait déjà plus personne dans la maison ; Giulio s'en allait en toute hâte à travers le jardin ; il referma la grille et disparut.

Laure tomba à genoux au milieu du salon, à cette même place où était Giulio une minute auparavant. La fleur d'églantier effeuillée et flétrie était restée sur le tapis ; il semblait que de vagues parfums flottaient encore dans l'air que venait de respirer cette femme, d'un aspect si noble, si gracieux ; on voyait encore sur les coussins l'empreinte de ses pieds : tout, en ce lieu, était encore rempli d'elle. Un profond accablement succéda bientôt au désespoir de Laure ; elle se traîna vers la chaise longue, en appuyant sa tête alourdie à la place où s'était assise la femme aimée de Giulio.

Les heures passèrent ; la nuit vint, puis encore le jour ; et, le lendemain, la Carducha trouva Laure agenouillée à la même place.

FIN DU TOME PREMIER.

TABLE.

—

		Pages
LIVRE PREMIER.	Madona Laura.	1
—— II.	La Bohémienne.	69
—— III.	Une nuit d'orage.	131
—— IV.	Au bord de la Sorgue.	207
—— V.	Saint-Germain-en-Laye.	309

FIN DE LA TABLE DU PREMIER VOLUME.